Fan
ファン文庫

JN190945

君と過ごす最後の一週間

著　新井輝

マイナビ出版

目次

date　.　.

0 都湖子《とこ》：死んだ妹

「ふぁああ……」

やっと動き出したもののすっきりしない。そんな俺の頭でもその光景があり得ないものだということはすぐにわかった。

「うぇっ？」

〝誰か〟が、風呂場から出て着替えを終えたところだった。それが見えた。

もちろん俺が驚いている以上、それは弟とかではない。そもそも弟はいない。

明らかに俺より年下。しかも少女。

洗面所のドアを無造作に開けた俺が悪いのかもしれない。でも待ってくれ。俺はそんな可能性はないと思ってたのだ。

三日前の俺なら気をつけていただろう。でも今日の俺にそれを望むのは無理だ。

だって俺の妹は三日前に死んでしまったのだ。それで俺は元気がなくて、でも学校には行かねばならないと気合いを入れるために顔を洗おうと思っていたところだったのだ。

なのに、妹の風呂上がりを覗く？　そんなことあるはずがないじゃないか。

「お兄ちゃん？　どうしたの？」

でも目の前の現実は俺の考えとは噛み合ってくれない。どう考えても妹のトコの顔、声が俺にそう尋ねてきた。

「ご、ごごご、ごめんっ！」

だから俺は自分の認識の確認はともかく慌てて謝ると、ドアを閉めた。

「……ど、どういうことだよ」

しかしドアを閉じて見れば、さっきまでの光景が嘘のようだ。

いや、だって実際、嘘だろう。トコは死んだんだ。それは錯覚とか夢じゃない。

ここ三日、俺がどれだけ悲しんで過ごしたかは思い出せる。でもさっきのトコの風呂上がりの姿はほんの数秒のことだ。どっちが信用に足るかといえば、それは三日分の方だ。

それに昨晩のことだってある。俺は母さんが早々に片付けてしまったトコの部屋で、トコの日記を読んでいたのだ。その内容は俺にはひどくショッキングな内容だった。

その日記はその記述によれば、なんでも由緒あるおまじないの日記とやらで、願いを綴り続けるとやがて叶うというものらしい。その代わり、相応の対価が必要で、その覚悟があるなら願いを書けとそういうものなのだ。そこにトコはこともあろうに、

——お兄ちゃんと結婚したい
という願いを書き続けていた。

それは俺にとっては完全に予想外の内容だった。正直、俺は嫌われてるものと思いこんでいた。トコが中学に上がった頃から、なんだか避けられてるように感じていたのだ。

しかしそれは日記によれば、好きだと気づいてどうしていいかわからなくなってしまっ

た。その結果だったらしい。

今までは妹だから普通に側にいられたのに、そうでなくなってしまった。それが俺には嫌われてるように感じられた。そういうことだったのだ。

そしてそれはトコの方でもわかってたらしく、誤解を解いて俺と仲良くなりたいということも書かれていた。

冷静に考えれば、そんなことでおまじないの日記なんて怪しいものを頼りにする必要があるのかという気もする。でもトコが死んでしまった今となっては、その日記の一文一文は重かった。

明日はちゃんと話せるようになりますようにという願いを綴っていたトコの気持ち。それにまったく気づかなかった自分が情けなくて、俺は読み進めるのが辛かった。

でも読まないわけにはいかなかった。それは俺の責任だろうと思ったからだ。

だから全てを読むまで俺は止めるわけにはいかなかった。毎日、毎日、最後に綴られるトコの心からの願いを目にしながらも。

――お兄ちゃんと結婚したい
そんな叶うはずのない願いをトコは書き続けて、どうするつもりだったのだろう。そうも思う。でもそれだけ必死だったことはわかった。

そうでなければ、こんなこと出来なかったはずだ。毎日、毎日、その願いを綴るなんて。

「……でも、もう途切れてしまったんだよな」

俺は突然、日記が終わってた日のことを思い出した。

日記はその日を境に書かれることはなくなった。その日というのは三日前のことだ。日記を書き始めて一週間目のことだ。

トコは日記を手に入れて一週間で死んでしまったのだ。

交通事故だった。大型トラックに轢かれたということで、遺体は見ない方がいいと言われた。そんな死に方だった。

だから心のどこかで俺は思っていたかもしれない。

トコはまだ生きていて、ひょっこりと戻ってきたりするんじゃないか、と。

でも今朝、起きた時にそんなことはないと確認したばかりだったはずだ。トコの部屋にはもう何もなく、日記を繰り返し読むうちに寝てしまった俺は、そこで目覚めたのだから。

もしトコがまだ生きてて、今日までのことが夢か何かなら、俺は今までのように自分の部屋で目を覚ましているはずなのだ。そうでなくても何もないトコの部屋で目を覚ますなんてことはあり得ない。

だから俺は認めるしかなかった。トコはもう死んでしまったのだ、と。

だから俺は認めるしかなかった。この日記はもう続きが書かれることはないのだ、と。

1 博《ひろ》史《し》：俺

「……末期ね」

俺が心の中で繰り広げていた現実との戦い。それを端から見ていた人間はそう表現した。我に返って俺はそう言われても仕方がないとは思う。

なにせ俺は洗面所のドアを掴んだまま、はぁはぁと息を荒げていたからだ。しかも中には、俺には理由は皆目わからないが、妹のトコがいるのを知っている。しかも風呂上がりできっと体を拭いている最中だったりする。

これではそこにやってきたばかりの母さんには、俺が意を決してこれから妹の着替えを覗こうとしているように見えてもしょうがない。もちろんそんな事実はないのだが。

「いや、違う。これは母さんが思ってるようなことじゃない」

俺は慌てて言い訳しながら、何かがおかしいと頭のどこかで声が響くのが聞こえた。

母さんがどんなに変人だろうと、俺がトコの着替えを覗こうとしているところだなんて思うはずがないのだ。なぜなら母さんだって知っているはずだからだ。

トコはもう死んでしまって、この家にはもう俺と母さんしか住んでいない。葬式のために親戚がやってきて泊まっていったという事実もない。

だからこの洗面所でトコはおろか、誰かが着替えの真っ最中なんてことはありえない。

ということは俺がそれを覗こうとしているなんて母さんが考えるはずもないのだ。

「私が思ってるようなことというのは、兄が妹の着替えを覗こうとしてるってことでいいのかしら？」

だが現実には母さんは俺が考えてる以上に、俺を悪者にしようとしていた。

「だからそうじゃないと言ってるだろ？」

でもその辺は大筋で同じなので、まとめて否定することにする。

「じゃあすでに見てしまった後で、さっきまでのは頑張って心のメモリーに保存しているところだったわけね」

「……前半は正しいかもしれないが、後半は違う」

俺は低くうめくようにそうツッコミながら、やはりなんか変だぞと思う。

さっきから俺の認識と母さんの発言が明らかに噛み合ってない。齟齬《そご》をきたしている。

「でも覗いたのは事実、と」

しかし母さんは何もおかしいと思っていないらしい。

「いや、だから……そんなわけないだろ？」

「どうして？」

「どうしてって……トコは死んだんだぞ」

俺は改めてそれを口にするのには抵抗があった。やはりどこかでそれを認めたくないという気持ちがあったし、母さんがあんまりにも堂々としていたせいだろう。

そう思っている俺が間違っている。そんな気にもなる。ついでに言えばそうであって欲しいとも思う。

「そうね」

なのに母さんはあっさりとそれを肯定した。だから俺はますます訳がわからなくなってしまった。だって、そうだろ？　母さんはトコが死んだのをちゃんと理解してる。だったらさっきまでの会話はなんだというのだ？

トコが死んでるのなら、俺がトコの風呂場を覗くなんてできるわけもない。それがあり得ないとわかってて冗談を言ってるのだとすれば、さすがに無神経だろう。まあ、母さんが無神経なのは今に始まったことじゃないので、その可能性は捨てきれないのだが。

「でも、覗いたんでしょ？」

しかし母さんはそんな俺の混乱など興味がないようだった。否定したい事実をあっさりと突きつける。

「……それはそうなんだけど」

だから俺はそのことに関しては認めるしかなかった。

「まさかトコが風呂場にいるなんて思ってもいなかった。だから仕方ないとこういう訳ね？」

「……そ、そうかな」

頭がぼーっとしてはいたが、居間に誰かいる気配は感じていた。それが母さんである以上、俺は洗面所に入ることでこんな理解不能な状況に陥るなんて想定してなかったのだ。

確かに確認するべきだったかもしれない。ノックくらいするべきだったかもしれない。

でも、仕方ないじゃないか。死んだはずの妹が風呂場にいると考える理由なんて、どこにもなかったんだから。

「まあ、別にいいけどね。私が見られたわけじゃなし」

そして母さんは結局、そういう結論に達したようだった。しかしだったらそもそもなんで俺のことを「末期」などと表現したのかわからない。

「……相手が母さんだったら、俺だってこんなに混乱してない」

「ま、それもそうね」

母さんはそう言って小さく笑うと、ドアの方を指さした。

「なに？」

「私は気にしないけど、トコにはちゃんと謝りなさいよってこと」

「……わかってるよ」

母さんに言われてそう答えてしまったが、やっぱり何かおかしい。なんでさっきからそういう話になっているのだろうと思えてならない。

トコは死んだ。三日前に交通事故で。それは母さんだって認めていることだ。

なのに俺はトコの着替えを覗いてしまい、母さんはそのことでトコに謝るようにと言う。

それはどういうことなんだ？

「えっとね……」

その疑問に答えるためなのか、俺の前でドアが少しだけ開いた。その向こうからトコが顔を覗かせる。見慣れた少し大きいんじゃないかと思える丸眼鏡の向こうから、黒いくりくりとした視線が俺に向かって投げられる。

「やっぱりトコなのか？」

だから俺はトコがそこにいるということは認めるしかなかった。

「うん。トコだよ」

「……でも、どういうことなんだよ？　なんでお前がここにいるんだ？」

「えっとね……もうお兄ちゃんもわかったかと思うんだけど」

「何が？」

いや、実際、何にもわかってない。わかってるはずもない。なのにトコは俺のそんな気持ちを置いてけぼりにする言葉を続けた。

「私、生き返っちゃったの」

いや、全然、わからないだろ、その状況は——俺は、そうつっこまずにはいられなかった。

死んだはずの妹がここにいる理由。それが、生き返っちゃったのと言われても……俺には納得など出来ない。

じゃあ他にどんな理由があるのかと尋ねられても困るのだが……それはいくらなんでも

あんまりな答えだろうと思った。

＊＊＊

「というわけなんだ。わかった、お兄ちゃん？」

詳しい説明というのを俺は聞かせてもらったが、答えは同じだった。というかそれは説明なんて言えるものじゃなかった。

なにせ、それは「多分、日記のおまじないのおかげだと思うんだ」というだけだったからだ。

「……わかるという人がいたら紹介して欲しいよ」

そんな人間がいるはずがない。俺はそういう意味で言ったのだが、トコの隣で母さんがニコニコしはじめるのが見えた。どうやらけっこう身近にいたらしい。

「まあいいじゃない、理由なんてどうでも」

そしてそうであることをしっかりとアピールしてきた。

「よくないだろ」

「じゃあ博史《ひろし》は、あり得ないからトコにはまた死んでおいて欲しいとでも言うの？」

「そうは言わないけど……さ」

でも理由がわからないというのはどうにもすっきりしない。

「まあ、不安はあるわよね。どうして生き返ったのかわからないと、また死んじゃうかもしれないし」

「そうだろ？」

「でもまあ、その辺は日記のおかげってことはわかってるわけだから」

母さんは本当に適当だ。娘の生死（といってもトコは相変わらず死んでる状態なのかもしれないが……）のことなのに、どうでもいいかのように聞こえてしまう。

「それ以上のことは知る必要はないって言うのかよ？」

「そうじゃないけど、わからないままでもとりあえずいいんじゃないのってことよ。まずはトコがここにいることを喜ぶのが先じゃない？」

「それはそうだけど」

「それとも事故とはいえ、妹の着替えを見てしまったことを喜ぶ方が先かしらね」

「……ほっとけ」

まったく。母さんは俺と真面目な話をする気がないらしい。だから俺はその辺はもう諦めてトコの方を見る。

「嬉しかった？」

トコは俺の視線に気づいたのか、そんなことを尋ねてきた。

「ああ。うん。トコが生き返ってきてくれて嬉しいよ」

面と向かってそんなことを言うのはさすがに照れる。それはトコも同じだったらしく、顔が赤くなるのが見えた。

「それもそうだけど、私の着替え見た方……なんだけど」

でも俺が考えていたのとはちょっと理由が違うらしい。

「トコ、お前もか……」

「だって、だって、お兄ちゃん、すごいびっくりしてたみたいだったし。今までは『あ、ごめん』ってすごいあっさりしてたのに、今日はすごいじっくり見てたから」

「えっとな……驚いた理由はお前がいたってことだ」

「……そうなんだ」

「いや、そこでそんなにあんまりしょげられてもなあ」

俺はトコが本気でがっかりしたみたいで、どう対応していいか困る。というかトコはこういう性格だっただろうか。そんなことも思う。死んだショックで別人のようになってしまったんじゃないかと不安にもなる。

「だって、だって、お兄ちゃん……」

でもトコにはトコの理由がちゃんとあるらしい。

「なんだよ」

「日記読んだんでしょ？」

トコが俯《うつむ》きながら、小さい声でそれを尋ねてきた時、俺はやっと目の前のことが、昨晩からずっと続いている現在の現実だということを理解した。

「……ああ。読んだ」

「だったら、もうわかってるよね？」

トコがそう言って確認しようとしてるのが何かははっきりしていた。

トコが俺のことを好きだってことだ。結婚したいと本気で思ってる程、俺のことを好きだってことだ。

「わ、わかってるけど」

しかしそれをいきなり突きつけられても俺はどうしていいかわからない。わかるわけがないだろう。

妹が俺と結婚したがっていたというだけでも十分な異常事態だ。日本の法律でも、それが出来ないことはちゃんと決められている……はずだ。

しかもトコは昨日までは死んでいたわけで、その気持ちを知ったところで、どうしようもない。そう思っていたのだ。だからこそ、手遅れとはいえ、それを受け止めようと思った。

でもこうして生き返ってしまったトコを前にして「じゃあ結婚すっか」と言えるほど、俺は母さんの血を強くは受け継いでいない。

「まったく誰に似たのかしら」

そしてそんな俺の様子を見て母さんが悪態をつくのが聞こえた。

「……まあ、母さんじゃないのは確かだろうね」

だから嫌みの一つも言いたくなる。でも効果なんてなかった。

「情けないわねえ、本当」

「じゃあ、母さんは今すぐにでも結婚すればいいとでも言うのかよ？」

「実際、無理だけどね」

そりゃそうだと俺も思っていたが、そのまま言われるとさすがに呆れてしまう。

「……おい」

「でも気持ちに応えてあげることはできるんじゃない？」

「それはそうだけど」

「どうせ結婚したって、同じ名字になって、一緒に暮らすくらいでしょ？　だったらもうそうしてるじゃない」

「あ、そうだよね」

トコは母さんの超理論に丸め込まれてしまったみたいだった。

「そ、そうか？」

だが俺はそうはいかない。俺は残念ながら母さんほど頭が柔らかくない。

「いいじゃないの。トコはもう常識でどうこういう存在じゃないんだから、つまらないことにこだわらなくても」

「いや、けっこう大事だと思うぞ」

「それはそれ、これはこれよ」

「どういう理屈だ、それは」

「ま、その辺はともかく、博史」

そして俺の心のツッコミが届いたのか、母さんは別の話題を俺に振ってきた。

「はい？」

「そろそろご飯を食べないと遅刻するわよ？」

「うわっ」

気づくと普段なら家を出ているだろう時間になろうとしていた。別に普段が遅刻ぎりぎりというわけではないので、あと十分くらいは大丈夫なのだが、改めて指摘されると焦る。

「じゃあ、朝ご飯用意するね。お兄ちゃんはイチゴジャムでいいんだよね？」

でもトコはのんきにそう笑うと、椅子を降りて台所の方へ向かう。

「ああ、うん」

別にパンくらい自分で焼けるが、なんだかトコが用意したがってるので俺は黙って座ってることにする。

「もうすっかり奥さん気分みたいねえ」

俺に母さんがそんなことをささやくのが聞こえた。

もしそれが問題なら、そういう風にそそのかした奴が責められるべきだと思うが……それを口にしてもきっとなんとも思わないのはわかっていたので、俺は別の話を始める。

「そういや、父さんには言わなくていいの？」

「は？」

母さんはわからなかったわけではなく、そんなこと聞くなという意味でそう言ったらしい。露骨に嫌そうな顔をしているから間違いない。

「一応、家族なんだし……」

母さんは父さんの話題が本当に嫌いなのだろうことは俺もわかっていた。でもしておいた方がいいことだろうとも思う。

「離婚したら他人よ」

「でも葬式にも来てくれたしさ」

「本当なら来させないことだって出来たのよ。私が温情をかけてやったから来られたような奴に教える義理はないの」

「……それはそうかもしれないけどさ」

しかしそれも随分な仕打ちだなと俺は思ってしまう。

だって、父さんは泣いていたのだ。父さんと母さんがどういう話し合いの末に、子供は二人とも母さんが養うことにしたのかは知らない。でも、父さんは俺たちのことをどうでもいいと思っていたわけではないということは感じられた。

だって、父さんは泣いていたのだ。母さんに反対されてるのに来てくれたのだ。家を出て行って以来会ってなかったから美化しているだけかもしれない。でも、父さんはきっと母さんよりもずっとトコの死を悲しんでいたと思う。そんな人に黙ってるなんて、さすがにかわいそうだと感じる。

「それに誰にも話すなってトコも言ってたわ」

母さんはそう言って、ちらっと台所の方を見た。それはトコがまだ戻ってこないかどうかを確認する仕草だったのだろう。

「誰にも話すなって？」

「よくはわからないけど、知られるのはいいけど、知らせてはダメなんだって」

「……どう違うんだよ」

「さあ？　とにかく、こっちから知らせるのはダメなのよ」

「本当だろうな？」

さすがにないだろうと思うが、こと父さんの話となると誤魔化すために口から出任せを言ってるという可能性も捨てきれない。

「本当よ。そうじゃなければ、トコからそういう話になるでしょう？」

「……それもそうか」

俺がそう納得したところで、トコがパンを皿に乗せて戻ってきた。

「ん？　どうしたの？」

さっきとは別の空気が流れているのをトコは感じたらしい。

「トコが生き返ったこと、誰にも話しちゃダメってことを博史に釘を刺してたのよ」

それに母さんがあっさりと本当のことを言う。

「うん。誰にも言ったらダメだよ、お兄ちゃん」

そしてトコのその言い分から、母さんの言葉が嘘ではなかったのがわかる。

「言わないよ。言っても信じてもらえないだろうし」

だから俺も父さんのことは諦めることにする。かわいそうだが話したらトコがいなくなってしまうかもしれないということなら、話さない方がいいに決まっている。

「お兄ちゃんの友達はもちろん、私の友達にも言っちゃダメだからね」

「……うん。わかった」

俺の友達はともかく、トコの友達にもと言われて俺は少し考えてしまった。もちろん言うつもりはない。でも、そこまではっきりと言われたのが引っかかる。

「で、お兄ちゃん？」

しかしその理由をじっくりと検討する時間は俺にはないらしい。

「なんだよ？」

「そろそろ食べないと遅刻しちゃうよ？」

「……ぬ、そうだった」

だから俺はとりあえず、朝食に専念することにした。

＊＊＊

「お兄ちゃん、ネクタイ曲がってるよ」

そんなことを言われてネクタイを直されることになろうとは俺は思ってもいなかった。

これでは本当に新婚さんみたいだ。もしそうならこの後、俺はトコとキスをして出かけなければならないんじゃないか。そんなことさえ思う。

「お、ありがとう」

でも思うだけにして、俺はもぞもぞとした気分を我慢することにした。人にネクタイを直してもらうなんて、およそなかったことだ。中学に入った頃、まったく着こなしが出来てないと母さんにあれこれいじられた覚えはあるが、まさかトコにこうしてネクタイを直されることになろうとは……。

「うん、バッチリ」

少し離れたと思うとトコはそう言って笑った。正直、ちょっとネクタイを直したくらいで俺の見栄えがそんなに変わるものなんだろうかとも思う。でもまあ、それでトコが喜ぶなら、よしとしておこう。

「ありがとう。じゃあ、行ってくるよ」

そしてなんだかやっぱり新婚さんみたいなことを言ってしまう俺。

「いってらっしゃい、お兄ちゃん」

そのおかげなのかトコは満面の笑みで俺を送ってくれた。

「私、待ってるから早く帰ってきてね」

そして付け加えられた言葉。それはそうだろうなと俺は思う。

「うん。わかってる。寄り道せずに帰ってくるよ」

だから俺は素直にそう答えて、ドアを開けて外に出る。トコはやはりというのか、玄関より外には出てこなかった。

「絶対だよ、お兄ちゃん」

でも声だけはまだ追いかけてきていた。

だから俺は思い出す。こんな明るい気持ちで今日、学校に行けるなんて思ってもいなかったということを。

昨日の晩、泣きながらトコの日記を読んでいた自分が嘘みたいだった。

いや、嘘みたいなのは昨日の俺じゃない。今日の、今の俺の方だ。

＊＊＊

家を離れると、一歩ごとに俺は現実に引き戻されていくような気分になった。

本当にトコは生き返ったのか？　――イエス。

というか、トコって死んだんだっけ？　――イエス。

トコが俺のこと好きって話は？　――イエス。

俺はだから寄り道せずに帰ればいいんだよな？　――イエス。

事実としてそうなのはわかってるが、なんだか心がまだ理解していないという感じだった。

結局のところ俺にとっては、まだ眠っていて夢を見ていると考えた方がしっくりいく状況が続いているのだろう。

でもこの状況が夢だとすれば、それはそれで悲しい。というか目が覚めたらまた泣いてしまうかもしれない。そんなことさえ思う。

「……でも現実なら現実で困りものだよなあ」

トコが俺のことを好きというのは、正直、嬉しい。嫌われてるものだと思ってたのだからなんて一般論ではなく、やはり家族は仲良くしていたいという気持ちが俺は強いからだ。

俺が小さな頃、母さんは父さんと離婚した。その時もトコが死んでそうしたように、母さんはあっさりと荷物を処分した。ケンカがちでついに離婚することになったとはいえ、俺はいつか二人は仲直りするものだろうと思っていた。だから次の日、家に帰って来たら父さんの部屋がまるごと消滅したような状況になっていたのはショックだった。

母さんには父さんとやり直す気は微塵たりともなく、この人に何かを期待しても裏切られるのだろうと理解した瞬間だった。

だから俺は父さんのことは諦めるにしても、残りの家族とはせめて仲良くしようと思っている。母さんのアバウトな感性にはときおりついていけないものを感じるが、それでもなんとか会話を続けられるのは、その思い故だろうと思う。

だからトコとも仲良くしていきたい。そう思っていたし、今も思っている。トコのことを好きか嫌いかと言われれば、俺は迷いなく好きと言えるだろうとも思う。

でもトコの好きというのはそれとは違うというのもわかる。そこが少しというかかなり問題だが、やはり嬉しい。

「しかし結婚ってなんなんだ？」

結局、そこがポイントなのだろうと思う。トコが俺と結婚したいと思ってるのはわかったが、それはどういう状態のことなんだろうか。

母さんが指摘したように、もはや婚姻届を出して、日本政府に正式に認めてもらうという線はないだろう。それに関してトコが不満を感じてるようには見えなかった。

ということは要するにお互いの気持ちの問題ということなんだろうか？　しかしそれなら同棲とかいうやつと何が違うんだろうかと思う。そしてこれもすでに母さんが指摘したことだが、それならもうしてるじゃんという話でもある。

「内輪でもいいから式を挙げてやればいいのかな」

親戚一同を呼んでというのは無理だろうと思う。この間、葬式に来てもらった人たちに今度は結婚式をやるんで来てくださいなんて招待状を送るのはさすがにあり得ない気がする。

それにいくら内輪とはいえ、高校二年生の俺と中学二年生のトコが式を挙げるというのはやはり無理な気がする。

「……まだ、いいんだよな」

だから俺はそう呟いて、また自分が同じことを繰り返そうとしているのに気づいた。

トコが死んだ時、俺は確かに思ったはずだった。現実はゆるやかにつながっているわけではなく、突然、何の前触れもなく変わったりするのだ、と。このまま当たり前のように続くように思えても、そんなことを期待してはいけないのだ、と。

しかもほんの数分前まで、なんでトコが生き返ったのかわからないことに自分は不安を感じていたはずだ。

なんで生き返ったかわからない。だから、またいついなくなってしまうのかわからない。そのことに不安を感じているのに、なんで自分は「まだ、いいんだよな」と思ったのだろう。

確かにあまりに現実的ではないと思う。今すぐ、トコと結婚するということはあり得ることじゃないだろうと思う。

でも、だからって「また今度」で済ませていたら、また後悔することになるかもしれない。

なんであの時、結婚してやらなかったんだ——と。

「……とはいえ、結婚するかどうかは別の問題だよな」

別にトコのことを嫌いなわけじゃないが、やっぱりおかしいという思いはぬぐえない。

だから大事なのは今すぐかどうかじゃない。

トコがそれを受け入れてくれるかどうかはわからないけれど、妹とは結婚できない。そんな結論であってもいいはずだ。

大事なのは、手遅れになる前に決断する。そっちの方だ。

「……俺、頭おかしくなってる？」

しかし冷静に考えると、やはり奇妙なことを考えてるなと思う。

自分の妹と結婚するべきか考える？　昨日までの自分だったら一秒で答えを出していたことだろう。

あり得ない。却下——そりゃそうだ。だって、妹だぞ？　いくら仲良くたって結婚するわけないだろう？

でも今はそうすっきりも考えられなかった。それは間違いなく、俺の心の中にいくつもの非常識が埋め込まれてしまったからだ。

「これが母さんなら、さっさと受け入れて、何かしら行動に移せるんだろうけどなあ」

今日ばかりはもう少し母さんのように生きられればと思う。俺は俺でいいと思って生きてきたが、さすがに自信をなくしているのだろう。

「いかん、いかん」

それで俺は意識して視線をあげた。気づくと背を丸めて、俯いて歩いていた。これではネクタイをわざわざ直してくれたトコに申し訳が立たない。

今はどうすればいいかわからない。でも、せめて背筋を伸ばして歩こう。それだけは心に決める。

「……ヒロ君、おはよう」

そして気づくと、俺は美乃莉《みのり》の家の前まで来てたらしい。

「おはよう」

美乃莉と俺はいわゆる幼馴染みという奴だった。家が近所というのもあるが、保育園から高校二年生の今までずっと同じクラス。まあ、腐れ縁といった方がいいだろう。

これで美乃莉が目を見張るような美少女とかであれば俺も自慢の種という感じなのだが、残念ながら美乃莉はどっちかといわなくても地味なタイプだった。性格も行動も、顔立ちも。

顔のイメージのほとんどは、いかにも眼鏡かけてますって感じのぶっといフレームに支配されてる……なんて言うと言い過ぎかもしれないが、きっと似顔絵を描けと言われたら、みんな、眼鏡しか描かないだろうとは思ってしまう。そんな顔立ちなのだ。

しかも髪が長い上に癖っ毛なので、そっちにどうしても目が行く。小さい頃は静電気を帯びるとすごいことになるっていうんでよくからかわれていた。下敷きをこすって人に近づけると髪の毛が立つという奴だ。あれを美乃莉にするとクジャクみたいになるのだ。

そんなわけで、もしかして美乃莉がどんな顔をしているのか知ってるのは俺だけなんじゃないかと不安になったりする。もちろん、本人にはそんなことを言わないが。

「元気そうだね」

そう尋ねる美乃莉はなんだか元気がなさそうに見えた。

「まあ、いつまでも落ち込んでもいられないしな」

本当はそんな理由ではないのだが、俺はとりあえずそう言っておく。

トコが生き返ったことは誰にも言ってはいけないと言われたばかりだからだ。美乃莉みたいに時々、俺の家に来るような人間にまで黙っておく必要があるのかは疑問だったが、母さんが言ってた言葉を思い出すとやはり言わない方がいいだろうと思う。

――よくはわからないけど、知られるのはいいけど、知らせてはダメなんだって

よくわからないけど、という辺りが母さんらしいアバウトさではあるが、知られるのはいいのなら、美乃莉がトコを発見する日までは黙っておくのがいいのだろう。

「そっか……そうだよね」

でも美乃莉は相変わらず、元気がなさそうだ。俺が元気なのが不満なんじゃないかという気にすらなる。いやまあ、美乃莉はそういうことで怒ったりする性格ではないのだが。

「落ち込んでた方が良かったのか？」

なので、ついそんなことを聞いてしまった。それに美乃莉はハッとした顔をして、俺から視線を逸らす。おいおい、本当にそう思ってたのか？　俺は心の中でそうツッコむが実

際はそうではなかったらしい。何か言いたいことがあるらしく、美乃莉は何度かこっちを見た。でも相変わらず視線は逸らしたままだ。

「えっとね……笑わないで欲しいんだけどね」

「……なんだよ？」

「ヒロ君が来るまでリハーサルしてたんだ」

「……なんの？」

「ヒ、ヒロ君を元気づけるリハーサルだよぉ」

美乃莉は今にも泣きそうな声でそれを口にする。

「……そうか」

俺としてはそこまで頑張っての結果とはいえ、それくらいしか言葉が浮かばない。

「でも、元気だから……何言ったらいいのかわからなくなっちゃった。きっと落ち込んでるだろうって、あれこれ考えてたのに……あはは。なにやってるんだろうね、私」

美乃莉は一人で話を続けて、一人で完結してしまったみたいだった。もう少し早めにつっこみを入れてやるべきだったかもしれない。

「そんなに気を遣ってくれなくていいよ」

正直、そう思う。美乃莉とはよく話すし、毎日のように顔も合わせているが、そんな風にしてもらうような相手とは思ってはいなかった。

「……そうだよね」

「でもまあ、心配かけたなら悪かったよ」

「え？　え？　いや、そんなことないけど。私が勝手に心配して自爆しただけだし」

美乃莉は慌てた様子でこっちを見て、早口にそんなことを言う。美乃莉からすると、そんなに俺が謝るのが珍しいのだろうか？　そうも思ったが、きっと俺に今朝起こったことのせいなのだろうと思い直す。昨日も美乃莉は俺の様子を見に来てくれていた。だから、そこから推測して、俺が今朝も落ち込んでると思ったのだろう。そしてそれは普通なら正解だったのだ。

「俺も少しは落ち込んでないと変かな」

だから俺はそんなことを呟く。

「え？」

「いや、もう少し落ち込んでてもいいよなって思った」

「落ち込んでた方がいいわけじゃないけど……」

美乃莉の言うことはまさに正論だけど、周りが変に思うという意味では、やはり俺の考えの方が正しいのだろう。

「ま、学校で元気すぎってつっこまれたら、美乃莉が励ましてくれたってことにするかな」

だから中を取ってそういうことにしようと考えたのだが、美乃莉は不満らしい。

「えー。ダメだよ、そんなの」

「なんでだよ、事実だろ」

「事実と違うよ。私が励ますまでもなく元気だったよ」

「でも美乃莉のおかげでさらに元気になった」

「……うぅ。なんで、そういうこと言うかな、ヒロ君は。それにその元気になったっていうのだって、私が馬鹿なことしてたからだし」

「別に馬鹿にしてるわけじゃないだろ。俺のために励ましの言葉を色々用意してくれてたって、それだけで十分理由になるだろ」

「それみんなに言う気じゃないよね？」

「うん？　聞かれたら言うつもりだけど」

俺はそりゃそうだろうと思って答えるが、美乃莉にはあり得ないという話だったらしい。

「な、ななな、ななな、なな、な、な、何考えてるの、ヒロ君！」

こっちが同じく聞き返したいくらい信じられない大声を美乃莉があげる。

「……なんだよ、その声は」

「だって……ヒロ君が信じられないこと言い出すから……」

「……そんなに変か？」

実際、どこが変なのかよくわからない。別に美乃莉に嫌がらせをする気なんて俺にはまったくないのに、何がそこまで不満なのだろう。

「ぜぜぜ、ぜ、ぜぜ、ぜ、絶対ダメだからね！」

「……だから何が？」

「私がリハーサルしてたことだよぉ」

そして美乃莉はまた泣きそうな声を出す。泣くほど恥ずかしいことなのか、それは。

「……よくわからんが、言わない方がいいなら言わないことにする」

「ちゃんとわかってよぉ」

「いや、全面的に言わないことにするので、それで許してくれ」

なんで謝らないといけないのか俺もわからなくなってきたが、あんまりに美乃莉が情けない声をあげるのでしょうがないという気もしてきた。

「うぅ……わかった。全面的に言わないならいい」

そうはいっても美乃莉は不満そうだ。何か大事な部分に俺が気づいてないので、うっかりしゃべるんじゃないかと恐れているのだろうか。もしそうなら申し訳ないが、きっといくら会話を続けてもわからないんじゃないかと思う。美乃莉とは付き合いが長いが、どうもわからない部分がある。そしてこれもきっとその部分に属するものだろうという気がした。

「でさ、美乃莉さ」

「な、なに？　リハーサルのことはもう秘密なんだからね」

「いや、まあ、関係あるような気もするんだけどさ」

「……うん」

美乃莉は俺の言葉に怯えているのか震えてるように見えた。そんなに怖がられるようなことをしてるのか、俺は？

「たとえば、どんなこと考えてたの？」

どうやらあまりいい質問ではなかったらしい。美乃莉の顔が固まった。

「…………」

美乃莉は何も答えない。どうやら言い方が悪かったので通じなかったらしい。

「リハーサルのことは黙ってるとして、やっぱりこう納得できる理由は欲しいかなあと思うんだよ。だから美乃莉が考えてた励ましの言葉ってのを教えて欲しいんだけど」

だから俺は細かく、さっきの言葉の意味を説明する。

これでわかってもらえるだろう。そう思ったが完全に逆効果だったらしい。

「し、知らないわよぉっ！　ヒロ君の意地悪っ！」

逆上した美乃莉に手に持ってた鞄でぶん殴られた。

「いてててててっってててててっ」

しかも何回も。美乃莉は普段は大人しいが、時折、こういう暴力的な面を見せる。それを俺は久しぶりに思い出した。殴りなれてないせいで容赦というものがない。

というか、美乃莉のやつ、毎日、辞書類も持ち帰ってるのか？　時々、教科書とは思えない破壊力が俺を襲うんだが……。

「だから、なんで怒るんだよ」

しかし俺は理由がわからず、さっさと先に行ってしまった美乃莉を追いかける羽目になる。

「今日はもう話さないからっ！」

でも美乃莉は相当に怒ったらしく、やっぱり教えてはくれなかった。

もうこの話は全面的に止めることにしよう。

＊＊＊

学校へ着いたのはけっこうギリギリの時間だった。

いつもより遅く出た上に、美乃莉に殴られていたのだから仕方ない。予鈴が鳴るのを聞きながら俺は教室へと入った。

「……あれ？」

しかしその割には教室は閑散としていた。まだ予鈴の時間とはいえ、普段ならもう少しは来ていたんじゃないかと思う。それとも俺がいつも来る時間と違うから印象が違うだけか？

「学年末テストが終わってからはこんな感じだよ」

そんな心の疑問に美乃莉が答えてくれた。

「そうなのか？」

俺はそう思いながら自分の席につく。二日ほど休んではいたが、別に何も変わってるようには見えなかった。まあ、何もしないままだったのだから当たり前だ。

でも周りはそうではないらしい。テストが終わったので気が抜けているというのがありありとわかる顔をしている。そしてその程度で済まなかった連中は、学校をサボるということなのだろう。

「先生は通知表直すの面倒だから休むなよって言ってたのに、みんな、ひどいよね」

ちなみに美乃莉は隣の席。くじ引きの結果なのだからとやかく言ってもしょうがないが、なんでこんなにこいつは普通に俺の側にいるんだろうと思わないでもない。

「いや、まあ、自分が面倒だからなんて言ってたらダメだろう」

「……それも、そうだね」

などと美乃莉と話してると、クラスメイトたちはやっと俺の存在に気づいたらしい。そしてちょっと不思議そうな顔でこっちを見る。

「……元気そうだね」

そしてちょっと遠巻きに見ていた一人がそんなことを呟くのが聞こえた。

「ああ、自分でもけっこう意外なくらいね」

それに俺が答えると、他の連中も続く。まあ大体は単なる挨拶という感じだった。それも無理はないと思う。何せ、クラスメイトたちはトコと会ったこともないのだ。別段話す機会もなかったから、俺に妹がいると知らなかった奴の方が多いだろう。

トコが死んで俺が学校を休んで初めてそのことを知ったのだ。型どおりの挨拶でもしてもらえるだけマシだ。

　というか、トコは死んでない……わけじゃないけど、今は生きてるわけで、そのために挨拶をしてもらうというのはなんともくすぐったい。

「ま、そんなに気にしてくれなくて平気だからさ」

　だからそう言って、みんなには退散してもらおうと思う。普段からしてそんなに話してない連中まで、スルーするわけにもいかないってノリで話しかけられてという気もするし。

「あれ、オッサンだ」

　そうこうしているうちに見知った顔が登校して来ていたようだった。俺のことをこうも堂々とオッサンなどと言うのは一人しかいない。

　遠藤鉄丸《えんどうてつまる》。実に男らしい名前だが、本人は背も低いし、童顔なので格好が格好なら女の子と言われても騙されてしまいそうな雰囲気すらある。高一の時に同じクラスになって、その時、鉄丸の妹のユキちゃんというのがトコの友達だと知って以来、なんとなくつるんでるという感じだ。

「だから、誰がオッサンだってての」

　俺は言い返しつつも、まあその理由はわかっていた。実際、俺はこのクラスではぶっちぎりで老けていた。まあ、大人だといえば格好良いが、高二というにはかなり無理があると自分でも思うことがある。背も高いし、顔もちょっと……ちょっとだけだが若さが足りない。これで髭《ひげ》が濃ければ本当にただのオッサンで、制服を着てても何か映画の撮影でもしてるのかと言われたら否定するのが大変だろうと想像してしまう。

「そりゃ、オッサンはオッサンしかいないでしょ」

そして鉄丸は俺がそれを気にしてるのを承知でそんなことを言う。これは別に俺に限ったことではなく、女の子に対しても万事こんな調子なのだ。おかげで鉄丸は放っておけば美少年で通るのに実に女の子にモテない。口は災いの元とはよく言ったものだ。

「だから俺とお前は同じ年で同じクラスだと何度言ったと思ってるんだ」

「だから年齢とか関係ないと思うんだよねえ。そりゃまあ、立派な大人の間にいれば、やっぱり子供だなあって感じだとは思うんだよ。でも、ここにいると、ああ、オッサンだなあって誰もが認めるところです。ね？」

鉄丸はそう言って集まってた連中に同意を求める。しかしみんなは一斉に視線を逸らした。さっきまで俺と話してたはずの美乃莉までも。

それは無言の肯定と受け取って良いのか、お前ら……と心の中で尋ねるが、もちろん心の中なので返事はない。

「それにしても復帰早かったね、オッサン」

周りの同意を諦めて、鉄丸は本来の話題に戻ったみたいだった。

「だから、オッサンはやめろ」

でも俺はそこに関してははっきりさせておきたかった。

「じゃあ、ヒロポンでいい？」

「そんな目が無駄に冴えそうな名前もやめろ」

「だったら、オッサンにするね。うん、決定」

「……なぜ、そこで戻る」

「だって博史のあだ名っていったら、ヒロポンくらいしかないでしょ？」

「あるだろ、いくらでも。それにヒロポンしかないとしてもオッサンに戻るのはおかしい」

「それはオッサンがいかにもオッサンだからだよ。だってほら、ナニが大きいやつは周りからマッコウって呼ばれてたでしょ？」

「呼ばねえよ！　少なくとも俺のクラスではそんな屈辱的なあだ名の付け方はしなかった」

「そっかなあ。むしろ誇らしい名前だと思うけどなあ。男に生まれた以上、一度は呼ばれてみたいってみんな思ってるはずだよ」

「お前が思ってるとしてもいいが、それをみんなに広げるな」

俺はそれでふと周りを見て、気づくと本当にもう挨拶しようという人間がいなくなっているのに気づいた。鉄丸効果恐るべし……というか俺も同類扱いか、完全に。

「……で、なんの話だっけ？」

結局、これ以上の言い争いは無益だと俺は判断した。

「いや、だからオッサンの復帰が早かったって話」

「悪いか」

「ううん。むしろ喜ばしいと思うよ。ただね」

「なんだ?」

「もう少し休むのかなあって思ってた」

「ま、俺もそう思ってたよ」

実際、今朝起きた時はいっそサボっちまおうかと思ったりもした。

「いやさ、ユキが今日も学校休んでたからさ」

「ユキちゃんが?」

「うん。トコちゃんがいない学校になんか行きたくないって泣いてるんだよ。だからオッサンも来ないいんだろうなって勝手に思ってた」

「そうか。トコもそんなに思ってもらえる友達がいて幸せだけど、そんなにずっと休みってのはあんまりよくないなあ」

「だよねえ。もう成績には関係ないだろうけど、ちょっと心配だよねえ」

「だよなあ」

鉄丸の言葉に俺が静かにうなずいた時、鉄丸が不意に横へと投げ出されるように移動を始めた。

「うえ?」

それを視線で追いかけると、鉄丸が襟首を摑まれて、教室の外へと引っ張り出されていっているのだとわかった。引っ張ってったのは美乃莉。普段はどんくさいイメージだがこういう時は素早い。

「なにしてんだ、あいつら？」

教室の外なのでよくは聞こえないが、要するに鉄丸は何事かお説教をされているらしい。小学生とその教師じゃあるまいし、なんでそんなことになってるんだろうと俺は思う。

「……やっぱトコのことか？」

俺は小さくそう呟いて、まあそうだろうなと結論した。鉄丸の奴がいつもの調子でほいほいとトコの話を始めたので、美乃莉はそれで怒ってるということなのだろう。

まあ美乃莉の気持ちはわかるが、それでも相手を考えた方がいいんじゃないかと思う。なにせ鉄丸だ。言ってわかるなら、そもそもそんな話をするはずがない。

「まあ、鉄丸はああいう奴なんだよな」

そして俺はそういう鉄丸が嫌いではなかった。ただ周りはそうは思ってくれないので、俺も変人扱いされる原因になってしまってるのだが……まあ、鉄丸と仲がいいのも事実なのでなんとも難しいところだ。

「そろそろ席着けー」

そしてまだチャイムが鳴ってもいないのに担任の黒渕《くろぶち》がやってきた。ひげ面で少々太り気味。いかにもオッサンという感じの風貌で口も悪いが、締めるところは締めるというのが俺の黒渕への評価だった。

そして黒渕は時間やらにはけっこう細かかった。だからチャイムが鳴る直前に教室に入り、チャイムが鳴ると同時に出席を取るのだ。

「今日は黒渕に感謝かな」

鉄丸が戻ってきて、俺に笑いかけた。黒渕のおかげで美乃莉の説教から解放されたらしい。そしてその様子から美乃莉の言葉など少しも聞いてなかったというのがわかる。

「……まったく」

そして隣の席に戻ってきた美乃莉も同じことを思ったらしい。しかし美乃莉が何か言う前にＨＲを開始することを告げるチャイムが鳴る。

「出席取るぞー」

そしてそれを合図に黒渕が教壇から吠えるように声をあげた。

＊＊＊

授業休みの度に俺にねぎらいの言葉をかけてくれる人間が現れた。そうなると逆にそんなに気にするべきことなのだろうかと俺は思ってしまう。

いやまあ、本来ならそうなんだろうとは想像できる。でも実際にはトコは生き返っていて、俺は別にトコのことでもう悲しんではいないのだ。

「でもまあ、確かにもう少し真剣に考えた方がいいかもなあ」

だから授業が始まっても俺はトコのことを考えてしまっていた。

改めて思い出すとなかなかに不思議な出来事だとしか言いようがない。というかそろそろやっぱり嘘だったんじゃないかという気になってきた。

だって、おかしいだろ？　死んだ妹が生き返ってきたなんて、そんな馬鹿なって感じだ。そりゃ俺はトコの遺体というのはまともに見なかった。だから死んだという確証があるわけじゃないともいえる。

火葬場まで付き合ったし、お墓にも行った。でもそれが本当にトコの遺体だったり骨だったかと言われると自信がない。なにせ俺が燃やしたわけじゃない。誰かが、それこそ母さんがやったと言うなら俺は信じるだろうが、俺をからかっていたと考える方がまだ自然だ。

大体、生き返るってのはもっとこう早い段階でするものじゃないのか？　コメディの定番なら葬式の最中とかそんなところだろ？　もうすっかり燃やしてしまって墓場にまで運んだのに今更、蘇るなんて……ちょっと聞いたことがない。

もしそんなことが可能なら今度はどんな目にあってもトコは平気だったりするんだろうか？　物語とかだといくら不死身とはいっても首をはねられたり、心臓を突かれると死んでしまったりするものだ。ゲームでも蘇生に失敗すると灰になって、もう無理ですとかそんなノリなんじゃないかと思う。

なのにトコは灰になったくせに、平気な顔をして戻ってきた。

「……あれ、そうじゃないのか？」

俺は今朝のトコのことを思い出そうとして、なんとなく違和感を覚えた。三日前のトコと今朝のトコでは微妙に違いがあったかもしれない。

全体的な話をするなら肌の色が少し白かったような気がする。最初に見たのが風呂上がりだったからそういう気がしなかったが、俺が家を出る頃のトコはかなり青白かった。あれはやっぱり死んでるから血行が悪いということなんだろうか。それはそれで奇妙だが、でもそれは間違ってないという気がする。

「……他にもなんか変なところあったかな？」

子細に思い出そうとして、つい、俺は風呂上がりのトコを想像してしまった。いや、別にいやらしい意図はなかった。これは誓ってもいい。

単純にインパクトの問題だ。一番に思い出すのは、やっぱりインパクトの強いところだろ？　って誰に言い訳してるんだ、俺は。

「……ん？」

そんなことを考えていた俺は周りから見て明らかにおかしかったらしい。気づくと教師が俺の側にいて、教室中の注目が集まっていた。

「君は授業中に何をぼーっとしていたのかな？」

実に今更で申し訳ないが、よりにもよって数学の田崎《たざき》の時間だったらしい。田崎は黒渕と違って細かいことでもうるさいというか、正直、かなり神経質な人間だった。まあ、そういう人間の方が数学の教師という雰囲気はあるが、今、この場で俺にプラスに働くわけじゃない。

「えっと……」

「何を考えていたのかね？　私がここまで来ても気づかないことなのだから、さぞ大事なことなんだろうね？」

田崎の言葉は嫌みっぽい雰囲気はあるが、実に正論だと思う。よほど熱心に余計なことを考えていなければ、これだけの状況になる前に気づくだろう。

「……妹のことを考えていました」

なので俺は正直に本当のことを言った。さすがに生き返ったことは言わないが、まあ、それはトコに秘密にしろと言われてるのだから、それくらいはまけてくれという感じだ。

「そ、そうか……そうだったな」

だが、少しまけるどころか、田崎はチャラにしてくれたようだった。田崎にしては優しいなと思ったが、原因はすぐにわかった。

田崎はもちろん、教室の全員が俺の発言に退《ひ》いてしまったらしい。俺にとってはただの事実だったが、事情のわからない人間からすれば、死んでしまった妹のことを引きずっているという風にしか見えないのだろう。

まあ、トコが生き返ったということを除けば、実際にもそうなのかもしれないけれど。

「あ、いえ、その……すみませんでした。授業中なのにぼーっとしてて」

だから俺は謝るだけはして、後は黙っておくことにする。

「うむ。わかればよろしい」

田崎は小さくうなずいたかと思うとクルッと方向転換して教壇の方へと戻っていく。そういう仕草はぎこちなく機械めいていた。数学の教師だからなんだろうか。俺はそう思いながら、授業に集中することにする。

これ以上、周りにトコのことで心配されるのは具合がよろしくない。

俺はそう思ってるのに、どうも放っておいてはくれないようだ。

「授業中のこと、あんまり気にしない方がいいよ」

昼休み、ご飯を食べる前に美乃莉がそんなことを言い出した。

「気にしてないんだけどな、本当に」

俺はそう言いながら、弁当を広げる。

ちなみに母さんが作ってくれたものだ。仕事が忙しい時は別だが、普段はけっこう作ってくれる。おおざっぱな性格の割にこういうことには芸が細かくて、ちゃんと美味しい。特に卵焼きに関してはなかなかの腕前といって良かった。単純なおかずではあるが、弁当用に焼き加減を考えている辺りは悔しいが認めるしかない。俺はそれを口に運びながら美乃莉の方を見る。何かがノドにひっかかったみたいな顔をしていた。

「なら、いいんだけど」

美乃莉はそう言いながら弁当をつまむ。どうやら今日はエビのフライらしい。

ちなみに美乃莉はけっこう大食らいだった。本人は地味だが弁当箱はでかい。しかもそれを淡々と食べる。それを指摘すると「だって、お腹すくんだよぉ」と泣きそうな声をあげるので遠慮してはいるが、だとしても我慢するのが女子高生というものなんじゃないかと思う。

「いやあ、気にした方がいいと思うよ」

そして俺の心は疾《と》っくに別の話題に移っているのに、鉄丸がそんなことを言って俺を引き戻した。本当になんというかマイペースな奴だなあと思う。

「……なんだよ、鉄丸」

それでも俺は一応、その話題は止めておこうと目でサインを送る。

「トコちゃんのこと、気になるならちゃんと気にした方がいいと思うよ、僕は」

しかし鉄丸はむしろ嬉々としてそれを続ける。美乃莉がじろりと鉄丸を睨むのが見えた。

これでは朝の二の舞だ。また廊下で説教されたいのか、鉄丸は。

「いや、だから気にもなってないから」

「そうなの？　でもさあ、ほら。途中で食い止めようとするのはよした方がいいと思うんだよ。転がり始めたら最後までとりあえず転がってみる方が面白いでしょ？　転びそうな時もそうだと思うんだよ。無理に踏ん張ると体に負担かかるし、結局、転ぶんだよ」

そして鉄丸はなんだかよくわからない理論を振りかざす。理屈は弱いんだから、そんなに頑張ってもっともらしく言おうとしなくてもいいんじゃないのか、お前は。

「だったら、さっさと転んだ方がダメージも少ないし、話も早いってことか？」

「ま、そういうこと。だから周りの人間のすることは転びそうなのを支えて一緒に転ぶことじゃなくて、転んで立ち上がれなくなった人に手を差し伸べることじゃないのかなあ」

そう言って鉄丸は俺を見て、それから美乃莉の方を見た。鉄丸にしてはいいことを言ったと俺も思ったくらいなので、美乃莉はそれには言い返せなかったらしい。

「それはそうだけど……」

「まあ、だからって背中を押して思いっきり転ばせる必要はないんだけどさ」

鉄丸はそう言いながらニコニコと笑う。鉄丸は実は美乃莉が何を言いたいのかはわかってるんじゃないかと思う。ただ聞く耳を持ってないので一緒なんだが。

「必要はないけど、ついしちゃうって？」

だから俺は鉄丸の言葉にそう割り込んでみる。

「えー。そんなことないでしょ？　別にヒロポン、僕の言葉で落ち込んでないし」

「それはそうだが……ヒロポンはやめろ」

「じゃあ、オッサンでいいね？」

「そっちもやめろ」

「じゃあ、どうして欲しいのさ。ミノリンみたいに、ヒロ君☆とか呼べばいいの？」

「……普通に博史でいいんじゃないのか」

「それはそれでちょっと他人行儀じゃない？」

「他人を下の名前で呼び捨てにするのか、お前は？」

「うーん。そう言えば、しないね」

「……じゃあ、博史でよろしく」

「でもさあ、やっぱりしっくりこないんだよね」

「しっくりこないも何も俺は博史って名前だから」

「でも博史って顔じゃないよ」

「顔は関係ないだろ？」

「関係あるよー。だって僕がオッサンのこと博史って呼んでたら、周りの人が変に思うでしょ？　あの顔の人に博史なんて話しかけてるーって陰口叩かれちゃうよ」

「……どんな陰口だ。というか陰口を気にするなら、もう少し気をつけるポイントがそこら中にあると思うぞ、お前の場合」

「うーん。でも言われても平気な陰口と、言われたら凹む陰口があるんだよ。で、オッサンを博史って言ってつっこまれるのは僕としては凹む方なんだ」

「……その辺の理屈はよくわからん」

「だってオッサンの方がしっくり来るよ。それは絶対、そうだよ。ね、ミノリン？」

鉄丸はさっきから黙々とご飯を食べている美乃莉の方に急に話を振る。

「え？　うぇ？」

全く想定してなかったらしく、美乃莉はエビをノドに詰まらせたらしい。

「オッサンはオッサンって呼び名の方がしっくり来るよねえ」

なのに鉄丸は心配などしない。自分の話を続けるだけだ。

「わ……私は……ヒロ君って呼んでるし」

そして美乃莉はむせながら、それでも何事もなかったかのように真面目に答えを返す。

この辺り、美乃莉は別の意味でマイペースだなと思う。

「まあ、ミノリンがそう言うのはいい。うん、似合ってる」

そして鉄丸は同意を得られなかったのに、嬉しそうに美乃莉の言い分を肯定する。

「っていうか、ミノリンって呼ばないで欲しい」

「なんで？」

まさか。そんな驚きの顔をして鉄丸は聞き返す。

「なれなれしい感じがするから」

「……僕たち、友達だよね？」

「友達だと思われたくない」

美乃莉のその気持ちは俺もわかる。朝のHR前にマッコウというあだ名で呼ばれたいなんて言い出す男と友達なのは美乃莉には耐え難いことなのだろう。

「ミノリンが冷たいよー、ヒロポンー」

それで鉄丸が助けを求めてくるが、正直、助けたくない。というかヒロポンも止めろ。

「そりゃ冷たくもなるさ」

「えー」

「ミノリンって呼ぶなって言ってるのに呼ぶからだろう」

「でもさあ、ヒロポンみたいに美乃莉なんて呼ぶわけにはいかないよ。そんな風に急に呼び出したら、僕たちデキてるのって思われちゃうよ。やだよ、そんなの」

いや、そこでやだよとかはっきりと言うから、冷たくされるんだろうと俺は思う。

「なんでお前は選択肢が少ないんだ？　ミノリンと美乃莉以外ないのか？」

「あるけど、さすがに問題があると思うから」

「問題のないのはないのか？　というかミノリンも美乃莉も問題あるんだろうが」

「そうなんだよねえ。でもミノリンはさ、オッサンと違ってシャレにならないところあるから、本当にミノリン以外は考えられないんだよね。オッサンはオッサンって言われても他にいいところがいくらでもあるから、『オッサンって名前、似合いすぎだよね』って笑われても平気でしょ？」

いや、平気じゃない。けっこう気になる。そう思う一方で、鉄丸の言い分を聞いてると、さっきからけっこうひどいことを言ってるようだが、それでも随分と気を遣った結果らしいことがわかってきた。

「……じゃあミノリンでいいか」

なのでこれ以上掘り返して何か危ないものが出る前に手を打とうと考え直した。

「えっ？　ええぇっ？　そんなひどいよ、ヒロ君」

しかし美乃莉はやはり不満だったようだ。

「でも鉄丸の奴は、もっとひどいことを考えてやがるぞ、きっと。悪いことは言わないから、ミノリンで我慢しておけ」

「……う」

美乃莉は小さくうめくと、俺の顔をじっと見て、それからちらっとだけ鉄丸を見て、また俺の方を見た。

「そ、そうだね」

そしてがっくりとうなだれる。

「じゃあオッサンとミノリンが公式設定ってことでいいんだよね？」

なのに鉄丸はにこやかにそんなことを尋ねてくる。哀れ、美乃莉。哀れ、俺。

「せめて、ヒロポンの方にしてくれ」

「じゃあヒロポンにする。あ、僕のことはマルちゃんでいいから」

なんでお前だけ、そんな超有名な小学生みたいな可愛い名前になるんだ。

「鉄丸でいいだろ」

「えー。ヒロポン、鉄丸じゃ僕たちデキてるみたいだよ？」

「デキてないし、デキてるとも思われないから」

「そうかなあ。まあ、ヒロポンがデキてると思われてもいいなら、それでいいよ」

「……思われないと思うから、それでいい」

というか鉄丸のそのネーミングセンスというか、名前に対する感覚は本当に訳がわからない。まあ、他の部分もあんまりわからないので気にしてもしょうがないかもしれないが。

「でさ、ミノリン」

　ネーミング問題にはどうやら決着がついたらしい。鉄丸はそう言って、美乃莉に新しい話題を投げかけた。

「……なに？」

　美乃莉はそれにちょっと引けた感じで答える。

「ヒロポンを元気づけるために今週末、みんなで遊びに行くってのはどうかな？」

　さっきまで俺にそういう気遣いは無用だという話をしてたんじゃないのか？　と俺は思う。でも美乃莉にとってはそれはそれなりに良い提案だったらしい。

「いいんじゃないかな。みんなって辺りがひっかかるけど」

「でもミノリンとヒロポンだけじゃデートみたいだよ。そんなのダメだよね？　ダメっていうかあり得ないよね？」

「……あり得ないかなあ」

「というわけだから、プールに行こうよ」

「なんでプールなの？　この寒い季節に？」

　美乃莉が驚いて尋ねる。俺も尋ねないけど驚く。

「市民プールっていうんだっけ？　ゴミ焼却の熱を利用して冬でも入れるようになったらしいから、せっかくだから行ってみようかなって思ってたから？」

「から？　って言われても」

美乃莉の顔にはありありと納得いかないという文字が浮かんでいた。

「だってゴミ燃やしてるんだよ。なのに入らなかったら勿体ないよね？」

そこまで来ると美乃莉はもう返す言葉がなかったらしい。なので俺が代わりに返事する。

「そうか？」

「でもまあ、その辺の理屈はともかく、こんな時期にプールってのも面白いよね？」

「あんまり面白いかどうかわからないけど、気分転換にはなるかもな」

もっとも別に気分転換が必要って気もしてないんだが。俺は今、自分の置かれた状況を理解するのにひーひー言っているというのが正直なところだ。

「ヒロポンは行くみたいだけど、ミノリンはどうする？」

「……ヒロ君が行くなら行こうかな」

「じゃあ素敵な水着で来てね」

そしてさらっと鉄丸がそう告げる。

「え？　えぇぇ？」

「ヒロポンへのサービスなんだから、学校指定の水着なんてオチはダメだからね」

そして力強く鉄丸はそう断言する。というか俺が強く望んでるみたいなその言い方はなんなんだ？　俺は別に学校指定の水着で十分だと思うぞ。

「……ダメなの？」

なのに美乃莉は真剣に鉄丸の話に悩み始めた。

「うん。せっかくだから露出度が高いのにしてください。まあ、ミノリンがそんなことしても無理無理な感じになっちゃうかもしれないけど」

「ほっといてよっ！」

　美乃莉は今度は怒り始めた。浮き沈みの激しい奴だ。

「だって、ミノリンってどっちかと言わなくてもぱっとしないタイプでしょ？」

「だから、ほっといてって言ってるでしょっ」

「でもさ、男って単純だからそんなんでもちょっとエッチな水着とか着てるとそれだけで晴れやかな気分になれるんだよ」

「だから、ほっといてって言ってるのに……」

　このままだと美乃莉は力なく弁当の中に顔をつっこんでしまうんじゃないかというくらい力なくふらふらとしていた。

「私だって……胸はそれなりにあるんだから……」

　そしてぶつぶつと聞いてもいないことを言い始める。でも鉄丸はそんなことは聞く気はなかったらしい。

「でもまあたとえミノリンでも、やっぱり女の子がいるかいないかで全然違うから」

「そこまで言うなら別の娘《こ》を誘ったらいいじゃない」

「まあ、それでもいいんだけど、その方がいい？」

　鉄丸のおかしな質問に美乃莉は言葉を詰まらせる。

「……や、やっぱり私が行く」

そして少し考えた後、美乃莉はそういう結論に落ち着いたらしい。ここまでひどいことを言われても行くなんて、負けず嫌いな奴だな。

「じゃあ僕とヒロポンとミノリンと……もう一人くらいいた方がいいかなあ」

そしてやっと俺の方に話が戻ってきたらしい。というかさっきの俺が美乃莉の水着姿（しかもなにやらきわどいの）を見たがってるみたいな話だった時はなぜお前たち、二人だけで話してたんだろうという気がする。

「そうだなあ。女の子がもう一人いた方がいいのかもしれないな」

別に誰か誘いたい女の子がいたわけじゃないが、男二なら女二の方がいいだろうと俺はそう思っただけなのだ。

「……ヒロ君まで」

でもなんだかすごい勢いで美乃莉に怒りの視線を飛ばされた。別に美乃莉だけじゃ不満だと言ったわけじゃないんだが。

「じゃあさあ、ミノリン。三軒道《さんげんどう》さんを誘って」

「……なんで私が。しかもよりにもよって三軒道さんて」

美乃莉の怒りの視線はあっさりと鉄丸の方へと戻った。それはそうだろうと思う。

三軒道さんというのは、一応、クラスメイトではあるが、クラス一というか学校で一番の美少女という噂も高い女の子だった。

「ダメ？」

「ダメっていうか、無理。私、別に三軒道さんと仲いいわけじゃないし、鉄丸と一緒にプールに行ってくれなんて頼んだら人格疑われる」

「ミノリンの人格に問題があるのは今日に始まったことじゃないと思うけどなあ」

鉄丸はそう言ってニコニコと笑った。

「そこなの？　ねえ？　笑うところはそこなの？」

美乃莉は声を荒らげて鉄丸に不満を述べるが、やはりそんなものは通じる相手ではない。

「まあ、ミノリンが使えないってことはわかったよ」

「……だからそういう話じゃないと思うんだけど」

美乃莉は力尽きたのか聞こえないくらい小さな声で必死に訴える。

「ヒロポン的にはどう？　三軒道さんってアイデアは？」

でも鉄丸は本当に聞いてなかったらしい。

「俺は三軒道さんってのないと思うなあ」

「そうなの？　オッサンならロマンスグレーな魅力でプールぐらいなら誘えるよ」

「……だからオッサンはやめろ」

「じゃあヒロポンのロマンスグレーな魅力で」

「変わってねえっ！」

「ええっ？　そうかな？」

「とにかく俺的には三軒道さんはナシ」

「なんで？　せっかく水着姿見るならミノリンより断然、三軒道さんでしょ？」

「別に仲良くもないしなあ。なのにいきなりプールなんて行ってみろ、肩凝るぞ、絶対」

気晴らしに行って疲れるなんて、それこそ本末転倒だろう。

「そうだよねえ」

それに美乃莉はなんだか嬉しそうに同意した。

「そうかなあ。そんなこと言っててもヒロポンだって、向こうから『一緒にプール行ってくれませんか？』って言われたら喜んで行くと思うけどなあ」

「そうなの？」

そしてまた美乃莉の目に怒りの炎がともったみたいだった。忙しい奴だ。

「……向こうから誘われたら考えるけど、やっぱり落ち着かないと思うぞ」

「落ち着かないからいいんだよ。わかってないなあ、ヒロポンは」

そんなことを鉄丸は言うが、それに関しては大きな疑問がある。

「確か、俺を元気づけるために遊びに行くって話じゃなかったか？」

「ああ、そう言えばそうだったね。でもさあ、ミノリンだけじゃちょっと頼りないかなあって思ってね」

「俺は三人でもいいよ。知らない人誘っても、その人も居心地悪いだろうしさ」

「そうだねえ」

鉄丸はそう言いながらまだ何事か考えているらしい。

「でもその顔はまだ諦めてないって感じだなあ」

「うん。そうだ。知ってる娘ならいい？」

「知ってる娘？」

それは誰のことだろう？　俺はそう思いながら教室を見渡す。でもここにいる人間のことじゃあなかった。

「僕の妹だよ。最近、元気ないからさ」

「……ユキちゃんのことか？」

鉄丸の妹のことは時折話には聞いていたが、でも面識といえるほどのものはなかった。

「そうそう」

「どうなのかなあ。いや、まあ、ユキちゃんが来たいなら反対はしないけど、俺たちとプールなんか行って楽しいのか？」

「まあ、聞いてみるだけは聞いてみるよ。このままじゃ、いつまでも学校休みかねないし、何か理由をつけて外に引っ張り出した方がいいと思うし」

「というか、そんなに深刻な話なら俺たちなんかと遊んでる場合じゃないだろ？」

「いやまあ、明日にはユキも学校に行くかもしれないしね。本当に重症だったら土曜日はヒロポンとミノリンだけで行けばいいよ」

どうも鉄丸と話してると調子が狂う。俺の妹が原因でそんなになってるなら、さすがに責任を感じる。しかもその原因の妹は、実は生き返ってたりするわけで……。

「何か私たちで出来ることってないのかな？」

そしてこの中では一番他人であろう美乃莉も何か責任を感じているらしい。

「僕の家の話だからなんとかするよ」

「鉄丸君も、そういうところはちゃんとお兄ちゃんしてるんだね。少し見直したかな」

美乃莉はそう言って小さく笑ったみたいに見えた。

「そりゃそうさ。ユキはミノリンと違って、可愛いし」

でも鉄丸の言葉であっさりその表情はかげる。

「……そうですか。やっぱり見直すの止めた」

「いいよ。僕は僕だから。別にミノリンに見直されようがされまいが関係ないし」

「……どうせ私は取るに足らない人間ですよ」

「そんなこと言ってないのになあ。ミノリンって性格暗いなあ。ね、ヒロポン？」

そしてろくでもないタイミングで俺に会話のバトンを渡してくる。

「暗いとかそういう問題じゃないだろ？　さっきのは明らかにお前が悪い」

「だよね。そうだよね！」

そしてここぞとばかりに美乃莉が鉄丸を攻撃しようとするが、どうせ勝ち目はないのだから止めておけばいいのにと俺は思う。

「ミノリンも頑張って水着選んだ方がいいと思うよ」

「な、なにそれ……」

「だってユキの方が可愛いし。三歳も年下の中学生に負けたら、ミノリンも傷つくでしょ？」

「だったらユキちゃんを呼ばないとかそういう考えはないの？」

「ユキを元気づける方が大事だから」

「……それは大事だよね」

美乃莉は複雑な表情を浮かべて鉄丸の意見を肯定した。まあ、確かにその行動原理は立派だ。元気のない妹のために気晴らしを企画する。でもそこに美乃莉を呼ぶなら、少しは気遣ってやってもいいんじゃないのか？

「というわけだから、今日の帰りにでもさっそく買いに行っておいてね。土曜日なんてあっと言う間だよ」

実際、あさっての話だ。今日を逃したら明日か、もしくは出かける前に買うということになる。それでもまあ十分な気もするが。

「きょ、今日なの？」

「早い方がいいよね？　なんならヒロポンに選んでもらったら？」

「それはかなり恥ずかしいなあ……」

美乃莉はそう言いながら俯いて、ちらりとだけ俺を見る。

「俺だって恥ずかしいよ」

でも鉄丸にとって大事なのはそういうことではないらしい。

「でもさあ、当日、何こんなの着てんの？　みたいになっちゃったら、ユキもヒロポンもどうしていいかわからなくて困るよね？　それこそ肩凝っちゃうよ」

「……俺はともかくユキちゃんが居づらい空気が流れるのは考えものだな」

「でしょでしょ？」

鉄丸は嬉しそうに同意するが、美乃莉はうんざりという顔で俺たちを見る。

「そこまで心配されないといけませんか、私は」

「だってミノリンって平気でデートにジーパンとか穿いてきそうなタイプだもん」

「……それは否定しづらい気もするけど」

実際、美乃莉の私服というとそんなイメージだ。

「だから悪いことは言わないから、ヒロポンに選んでもらいなよ」

「……うぅ。言い返さない自分が憎い」

美乃莉は悔しさにうちふるえてるようだった。まあ、ここまで女性の尊厳を踏みにじる鉄丸のやり口に、端から見ててさすがに俺も同情する。

「俺はそこまで悲惨なことにはならないと思うけどなあ」

「……そう言ってくれるのはヒロ君だけよぉ」

なんだかすっかり美乃莉は鉄丸にやりこめられてしまったらしい。俺を元気づけようとしたばかりにこんな目に遭わされるというのも実に理不尽だ。何かおごってやるくらいのことはしようと思う。

「じゃあ今日、帰りに駅前に寄ってくか？　今時、水着なんて売ってるのかよくわからないけどさ」

「うぅ、ごめんねえ」

そして美乃莉は小さく謝罪の言葉を口にする。それで俺は思い出したのだが、今日はまっすぐ帰ってこいと言われていたのだ。しかしこの流れでやっぱりダメなんて言い出したら、美乃莉は立ち直れないダメージを受けるかもしれない。少し大げさかもしれないが、けっこう本気で俺はそう思った。

しかも帰らねばならない理由が、死んだ妹が家で待ってるからだったりするし……どうしたものだろう？

俺はその答えが浮かばず、とりあえず昼飯を食べることにした。いずれにせよ、時間をおいた方がいいだろうくらいは頭が働いた。

2 美乃莉《みのり》：俺の幼馴染み

「ごめんね、ヒロ君」

午後の授業中も考え続けていたのだが、結局のところはそれは無駄になった。おそらく朝方、美乃莉がリハーサルを失敗した時はこんな気分だったんだろう。

「別に美乃莉が謝るようなことじゃないだろ」

美乃莉には今日、委員会の仕事というのがあったらしい。ちなみに美乃莉は図書委員。しかも副委員長。いかにも美乃莉らしいチョイスなのだが、きっと本人にそれを言ったら嫌がられるので黙っている。

そんなわけで俺は鉄丸と二人でまっすぐ家に帰ることになった。美乃莉は何度も謝ったが、考えてみると半ば脅されて美乃莉の主観的には「恥ずかしい」というべき水着を買いに行くのが延期になっただけだ。本当に謝るようなことじゃないだろうと思う。

「しかしミノリンも本当、真面目だよねえ。蔵書の整理とか明らかに面倒なだけなことよく引き受けるよねえ」

しかしその原因を作った鉄丸は少しも悪いなどとは思ってないらしい。まあ、俺もこいつにそんなことを期待してなどいないけれど。

「好きなんだろ、ああいうのが」

実際、そうとしか思えない。美乃莉が図書委員をやってるのは今回が初めてではない。中学の時もやってたし、副委員長をやらされてた。となれば、わかった上でそれをやってるのだ。それはつまり、好きってことなのだろう。

「まあ、そうなんだろうね」

鉄丸はそう言いながらニコニコとしている。鉄丸は美乃莉のことをさんざんに言ってるようだが、別に悪い感情は持っていないらしい。そういう意味では美乃莉の理解者ということになるのだろうが……まあ、良き理解者ということはなさそうだ。

「で、鉄丸は今日はまっすぐ帰るわけ？」

「ああ、そうだねえ。ユキがどうしてるか気になるし」

「そっか。まあ、そうだよな」

そしてそれは良いことだと思う。俺なんてトコのこと気にしてるなんて恥ずかしくて言えなかったし、実際に気にしてたかどうかも怪しい。でも鉄丸はそういうことをちゃんと出来ている。俺なんかよりずっと立派なお兄ちゃんだろう。

「いや、ごめんね」

なのに鉄丸は俺に急に謝り始める。

「へ？」

「ミノリンが委員会だから僕くらいは付き合った方がいいかなあとも思うんだけどさ」

「いいよ。ユキちゃんの方が重症みたいだし」

「うん、そうだよね。元気のある友達と、元気のない妹だったら、元気のない妹を選ぶってことであってね」

「でも元気のない友達と、元気のない妹でも、元気のない妹を選んだ方が良いだろ」

「そうかなあ……それはちょっと微妙」

そんな風に真剣に考える鉄丸を見てると、意外に友達甲斐のある奴なんだなとも思う。

まあ、美乃莉に賛同を求めたら力いっぱい否定されそうではあるけども。

「ま、とにかく俺は平気だから、ユキちゃんを元気づけてくれ」

「うん、わかった。あとさ」

「なんだよ?」

「土曜日のことなんだけど、本当にユキを連れていっていいのかなあ?」

鉄丸のその質問は俺にとってはかなり予想外のものといってよかった。というか、お前が言い出したことだろ、それ? という感じだ。

「俺はユキちゃんのことはよくわからないけど、その方がユキちゃんのためになるって鉄丸が思うならいいんじゃないのか?」

「うーん。そういうことじゃないんだけど」

「じゃあ、どういうことなんだよ」

「まあ、いいや。ヒロポンがそう言うなら、そうさせてもらうよ」

「……なんだよ。普段は容赦ないのに、こういう時だけ遠慮して」

「どうかな。僕はけっこう気を遣ってるつもりなんだけど」

「……そうとは思えんが。少なくとも美乃莉は全力で否定すると思うぞ、それは」

「そうかなあ。ミノリンは僕に感謝してると思うよ」

「それはないだろ」

一体どこからそんな結論が引っ張り出されてくるのだろう。楽観的というにも限界を軽く超えている。まあ、そんな奴と仲良くしてる俺もあまり人のことは言えないが。

「そうかな。そんなことないと思うんだけどなあ。絶対、感謝してるよ」

でも鉄丸には俺がそう思う理由はわからないようだった。というか鉄丸がそう思う理由が俺には本当にわからない。

「俺にはえらく凹んでいたようにしか見えなかったぞ」

「だから人は転びかけてる時はそのまま転んだ方がいいんだよ」

「いや、お前の場合は明らかに転びそうもない人を背中から押してたぞ」

「そうかなあ。ミノリンは諦めが悪いからトドメを刺しただけだよ？」

「……それは背中から押すよりもいいことなのか？」

「うん」

明らかにトドメを刺す方がひどい気がするのだが。

鉄丸はにこやかに何を言ってるのという調子で答えた。

「そうなのか……」

「だってさ、ミノリンが水着を着たくらいで急にぱっとするわけないよね？　眼鏡かけてる娘って、眼鏡外すと可愛くなるとか思ってるみたいだけど、だったらずっと外しておけばいいって話だよ」

「……そうだな」

理屈の整合以前に、気分的に同意しかねたが、なんか本当に美乃莉がかわいそうになってきたのでこれ以上反論するのは止めた。

とりあえず鉄丸は色々と正直に生き過ぎてる気がする。俺はそれがそんなに嫌いではないが、退かれる言動が多いということは認めざるをえない。

妹のユキちゃんとは話したこともないが、こういう兄を持っていることをどう思ってるのだろうかと心配になる。

「ま、というわけで、今日はこの辺で」

そして鉄丸はいつもと同じ場所で俺に別れの言葉を告げる。

「じゃあな。ユキちゃんによろしく」

でも俺はいつもとは違う言葉をかけて、その場を離れた。

そしてそれだけのことで、俺はもう今までと同じというわけにはいかないのだなと感じる。

先週、ユキちゃんのことをどれだけ話題にしただろうか？　俺はそれを考えて、まったく思い出せないことに気づいた。

＊＊＊

玄関のドアを開けると、妹がタンスを担いでいた。

今朝は今朝で見てはいけないものを見てしまった気がしたが、今は今で別の意味でなんだか見なかったことにした方が良い気がする。

「……おかえりなさい、お兄ちゃん」

俺もその光景に驚いたが、トコの方もやはり驚いていたようだ。それでも若干、冷静だったのか先に挨拶をしてくれた。

「た、ただいま」

なので黙ってるわけにもいかないので、俺も挨拶をしておく。

「ちょ、ちょっと待っててね」

そしてトコは実に身軽そうに方向転換して、タンスを元あった部屋に戻しに向かった。

「……えっと」

というかタンスというのは中学生の女の子に持てるようなものだったのか？　中身が空だとしても一人で持てるようなものだった記憶はないのだが……。

「お待たせ」

でもトコはほんの数秒で戻ってきた。

「ただいま」

なので俺はとりあえずさっきのことはなかったことにしてみた。今、帰ってきたところというつもりで挨拶からやり直す。

「おかえり、お兄ちゃん」

トコもどうやらその辺りがわかったらしく、俺に合わせてくれた。トコは鉄丸とは違って気の利く良い娘のようです、母上。

「何してたんだ？」

そして俺は靴を脱いで家に上がると、とりあえずトコと一緒に居間に向かった。おやつが何かあれば食べようと思う。

「お母さんとね、家の模様替えをしてたんだけどね」

「ふむふむ」

俺はトコの話を聞きながら台所に行く。食べ物よりもまず飲み物だなと考えて、冷蔵庫を開けた。パックのコーヒー牛乳があった。少し甘ったるいブランドのだが、まあ今は贅沢は言ってられない。俺はそれを取り出して、コップを手にとってそこに注いだ。

「なんか電話がかかってきて、お母さんが出かけちゃったの」

「ふむふむ」

それでごくごくと飲み干す。やはり甘いが美味い。

「それで一人で続きをやれないものかと思っていたら、お兄ちゃんが帰ってきた」

「ふむふむ」

いや、思ってただけじゃなく、実際に続けてなかったか？　と俺は思ったりもした。

「そしたらなんだろう。生き返ったおかげなのかなあ、すごい力が出るのに気づいたんだ」

「ふむふむ」

なるほど、それでさっきの状況になる訳か。

「タンスも本当は中身を出した方がいいのかもしれないんだけど、出したら出したで元に戻さないといけないでしょ？」

「そうだなあ」

「だから勝手に開かないようにガムテープだけ貼って運んでたの」

「……まあ、それでも運べるならいいんじゃないか、それでも」

普通はその前提を満たせないという気もするが、まあそれはそれとする。

「そうかな？」

「うん。実際、どこに何入ってたかわからなくなっても困るしな」

「そうだよね。まあ、そういうのはお母さんならしっかりやれるんだろうけど」

「というか母さんがいないのに無理して続けることないんじゃないのか？」

「まあ、それはそうなんだけどさ。私の葬式とかのせいでお母さんの仕事遅れちゃってるみたいだから、少しは役に立ちたいなって」

「そうか。トコは優しいなあ」

それは正直、そう思う。そして本当、誰に似たんだろうなとか考えてしまう。まあ母さんじゃないので、父さんなんだろうけど、父さんがこういう性格を持ち合わせてるかどうかは俺はよく知らない。

「本当にそう思う？」

でもトコはもっと気になることがあるらしい。真剣な顔をして俺に尋ねてくる。

「そりゃ思うさ」

「だったら、なでなでして欲しい」

「……はい？」

初めて聞いた単語というわけじゃないんだが、トコの口からそんな言葉が出たので俺は自分の耳を疑った。

「なでなでして欲しいの」

「それは頭をなでて、褒めろということかな？」

なんだか改まって聞くのもあほらしいけど、逆に俺はなんだか丁寧に聞いてしまった。

「……ダメ？」

「ダメってことはないけど」

なんで高校生の俺が、中学生の妹にそんなことをするんだろうとは思う。でも俺を見上げるトコの視線は真剣そのもので、冗談や酔狂でそんなことを言ってるわけじゃないらしい。

「じゃあ、なでなでして欲しいな」

一体、トコはどうしてしまったんだろう？　俺は正直、そう思った。

正解は一度死んで蘇りましたということはわかってる。でもこの行動の原因はそれでトコが少し壊れてしまったのではなく、本当はずっと我慢してたということなのだろうと思う。

俺から見るとトコは随分としっかりしていて、家族の中ではむしろ一番の大人なんじゃないのかとすら思っていたが、実際には俺に嫌われまいと優等生を演じていたということなのだろうか。そんな気もする。

「なでなででいいのか？」

だから、今までの詫びを含めて、ちょっとくらいサービスしてもいい気がしてきた。

「え？」

「なでなで以外でもして欲しいことがあればしてやるぞ」

「本当？」

トコは俺の想像以上に喜んだ。目がキラキラと輝くのがわかる。やはり今まではずっと我慢してたということで正解だったらしい。

「うむ。あんまり恥ずかしいことじゃなければいいぞ」

「でも、まず、なでなででいい？」

「わかった。なでなでだな」

それで俺はわくわくとした顔で俺の手を見つめるトコを意識する羽目になった。俺の手の動きをこれほどまでに注目したのはきっとトコが初めてだろう。それを確信するくらいの熱心さがその目には込められていた。

「……うん」

しかしそれもそう長い時間ではなく、俺は手をトコの頭のてっぺんに乗せた。トコの髪の毛は見た目よりずっと柔らかいように感じられた。いや、まあ、ろくに触ったこともなく勝手にもう少し硬いと思ってただけなんだが。

「なでなでするのか？」

その感触を確かめていたせいで俺の動きは止まっていたらしい。トコが上目遣いで俺の方を不思議そうに見ていた。

「うん。なでなでして」

「じゃあ、なでなでだ」

自分でもちょっと何を言ってるのかなと思ったりもしたが、トコが嬉しそうに笑ったので俺の行動は正解だったんだろう。

「うひゃっ」

柔らかく頭をなでると、くすぐったいのかトコがそんな声をあげる。そのせいかなんだかトコが随分と小さくなってしまったように感じた。

それはきっと昔、こういうことをしてたのを思い出したからだろうと思う。いつのことかはよくわからないけれど、さすがに俺が中学に入る前だろう。俺が小学生となると、トコは小学生でも低学年、ひょっとすると保育園。その頃の幼いトコのイメージが今のトコに重なっている。そういうことなのだろう。

「ん？」

と思ったのだが、どうもそうとも言い切れない気がした。トコは中学生にしては背が小さかったが、それでも俺の胸くらいまでの背はあったはずだ。でも今、なでなでされているトコは明らかにそれより小さい。普段からずれがちの少し大きな眼鏡も、なんだかいつもより大きく見える。いや、眼鏡が大きくなるはずはない。となると……トコが小さくなってるのだ。

「どうしたの、お兄ちゃん？」

俺の発見による驚きは手を伝わって、トコに届いたらしい。

「いや、なんか小さくなってないか、トコ？」

そうは言いながら、自分でもそんなはずはないだろうと思い直す。そりゃそうだ。眼鏡が大きくならないように、体が小さくなるわけもないじゃないか。

「……今、気づいたの？」

でもトコはもっと別のレベルで俺の発言に驚いた様子だった。ちょっと怒ってるのかもしれない。これはあれか？　髪を切った彼女に全然気づかなかった愚かな彼氏という奴か？

「ってことは本当に小さくなってるのか？」

「うん。そうみたい。生き返った時に少し小さくなったのかなあって思ってたんだけど」

ということは今朝の時点で気づくべきだったということか。しかしいきなり見かけたのが風呂場だったせいで、その後もあまり真剣に観察する気にはなれなかったのだ。

いや、心の中で言い訳しても始まらない。

「……でも少しというか、かなり小さくなってないか」

俺は改めてトコの背を確認してみる。トコは先週までは百五十くらいはあったはずだ。それが今は百二十かそれくらいしかない。中学生どころか小学生としても小さいんじゃないかと思う。勝手なイメージでいいなら、きっと小四くらいだ。それくらい小さくなっている。

「そ、そうかな？」

トコはそれで改めて辺りを見渡した。そして急に困惑した表情を浮かべる。

「どうしたんだ？」

「かなり小さくなってるみたい、だね」

トコは自分でも信じられないという感じだった。小さくなってることには気づいてたはずなのに、なんでこんなにびっくりしてるんだろう？

「もしかして……」

それでトコは何事か考え始めた。

「どうしたんだよ？」

「模様替えがまずかったのかな？」

「うん？」

一瞬なんのことかわからなかったが、俺は帰ってきた時のことを思い出し、なるほど、あれかと考える。確かにあれは常軌を逸した状況だった。

「やっぱりそうかなあ。それ以外ないよねえ」

「えっと……何かあり得ないことをしようとする度にトコは小さくなるってことか？」

実におおざっぱな言い方でしかないが、そういうことなのかなと思う。

生き返るのも、トコの体からは想像もつかない腕力を発揮するのも、確かに常識ではあり得ない。となるとそこにおまじないとやらの影響があるのは間違いない。

「そういうことなのかなあ。きっと、そうなんだよね」

トコはそう言いながらなんだかホッとした様子だった。本当にそんな理由かはわからないが、それでもそれらしいと思えたからだろうか。

「だったら、やっぱり部屋の模様替えなんかしない方がいいんじゃないのか？」

「そうだねえ。お母さんには悪いけど、出来る範囲にしておいた方がいいよね」

「まあ、そうなるよな」

そうしないとトコはますます小さくなってしまうのだろう。とはいえ、ひからびて死んでしまうとかに比べれば随分とマシかなとも思う。若返るだけなら適当に魔力を消耗しておけば、ずっと若いままでいられる……ということになるんじゃないだろうか？　俺にはよくわからないが、女性にはかなり夢のような状況なんじゃないかと思う。

「お兄ちゃん……」

でもトコはあんまり喜んでいる風ではなかった。俺の袖を引っ張って注意を向けさせたトコは今にも泣きそうにも見えた。

「どうした？」

不安なんだろうな。俺はそれくらいのことはすぐにわかった。

生き返ったことは、とりあえずは喜ばしいことだったろう。でもどうして生き返ったのかもわからず、なんで生きてるのかもわからない。それがわからないからと俺は今朝、落ち着かない気分になったが、当のトコの方がそのことで心配なのがなぜわからなかったのだろう。

「ぎゅってして」

だから何かして欲しいならとトコの言葉に耳を傾けたのだが。

「え？」

あまりに予想外の言葉で聞き返す羽目になる。

「ぎゅってして」

「ぎゅってするって……抱きしめろってことか？」

「うん。ぎゅっとして、お兄ちゃん」

そう言われて俺は少しかがんだ。それでもトコの顔はまだ下にある。だから俺はもうほとんど座ってるという感じまで腰を落とす。

そうして見えてきた目の高さで見たトコは、本当に幼い親とはぐれて待っているデパートの待合室にいる子供のようだった。

「これでいいのか？」

腕を回してトコを抱きしめる。トコは見た目よりずっと小さかった。そして冷たかった。頭をなでた時は気づかなかったが、俺の胸の中にいるトコは体温というものを感じさせない。

「うん。ありがとう、お兄ちゃん」

トコは小さく笑って体から力を抜くと、俺にもたれかかってきた。トコの頭が俺の肩に乗る。それだけの距離まで縮まってるのにトコのぬくもりは感じられない。

「これくらいならお安いご用だ」

だから俺は不安になって、少しトコを抱きしめる力を強くする。

「……それならもっと早くに言えばよかったな」

でも言葉は聞こえてもトコの体温は感じられない。言葉からトコの暖かさは伝わってくるのに、その体にはなんの暖かさも感じられない。

「前からして欲しかったのか？」

だから俺は不安になって呼びかける。さっき自分が考えたことが間違ってないとそれを確かめたくなる。

「うん。ずっとずっとして欲しかった。もっとぎゅっとして」

でも答えだけ確かめても、トコのぬくもりは見つからない。言われた通り、ぎゅっと抱きしめても、そこにあるのはトコの体だけだった。

「これでいいのか？」

「うん。えへへ」

そしてトコが俺のすぐそばで笑い出す。

「なんだよ？」

「お兄ちゃん、ドキドキしてる」

それを指摘されて、俺は急に自分の体温が上昇するのを感じた。

「そりゃするさ」

「変なこと考えてるの？」

「なんだよ、変なことって」

まあ、変なことを考えてたと言えないこともないだろうが、トコの言おうとしていることとは違うだろう。だから否定しておきたい。

「えっちなこと」

「……そういうこと言うなら、もうしてあげません」

そう言って俺はトコから離れようとするが、トコはそれを止める。

「ダメ、お兄ちゃん」

トコは笑っていなかった。顔を見た訳じゃないが、声が震えていた。

「だったら、変なことを言わない」

「うん。わかった。変なこと言わないから……」

そしてトコは短い腕を俺の胸に回す。

「もう少しぎゅっとしてて」

「……わかったよ」

俺はちょっと……ちょっとだけだが、その声にドキドキしてしまった。それがなんだか罪悪感として残ったが、トコの言うとおり、トコが安心するまでこうしててやろうと思う。

「ごめんね、変なこと言って」

なのにトコは自分が悪いと思ったのか、素直にそう言って謝る。

「いや、いいさ」

だから俺は本当にしばらくそうしていた。トコがいいと言うまで。そう決めたが、トコは本当にずっとそう言わなかったのだ。

「……末期ね」

気づくと母さんが家に帰ってきたらしい。今朝と同じセリフでなじったのは、もちろん俺のことだろう。なにせ、今朝言われたのは俺だ。間違いようがない。

「こ、これはだなっ！」

俺はもう手遅れではあったが慌ててトコから離れると、何か言い訳をしようと頭を回転させる。しかしよくよく考えると言い訳するようなことでもなかった。

別にやましいことをしてたわけじゃない。ただ妹が兄にスキンシップを求めてきたので、それに応えていただけだ。しかも随分と小さくなってしまった妹を、だ。

「これはなんなのかしら、博史？」

「えっと……」

とはいえ、改めて母さんに聞かれるとそのまま答えるのにはなんだか抵抗があった。

「あのね」

そうこうしている間にトコが母さんに話しかける。

「なあに、トコ？」

そしてそれに答える母さんの声はかなり柔らかい。母さんもトコには優しい。まあ、俺が母さんに反抗的なところがあるのも事実なのでしょうがないのかもしれないが……。

「私、また小さくなっちゃったみたいなんだ」

「……そう言われてみればそうね。博史がうすらでかいから気づかなかったわ」

なんて言いぐさだ。心の中で母さんへの呪いの言葉を練り上げはするが、俺はとりあえず黙っていることにした。母さんにはトコの方が話をつけやすい。

「それでちょっと怖くなっちゃってね」

「博史に抱きしめてもらってたとそういうわけね」

母さんはそう言うと俺の方をじろっと見た。

「それなら最初からそう言えばいいのよ」

「いや……言おうとしたんだけど」

「もうはっきりしないわねっ」

「いや……そんなに怒られるところか、ここ？」

「まあ、そうねえ」

そこで納得するなら、さっきの言い分はなんだったんだ？　そう思うがやはり黙っておく。

「そういうわけで、母さんも気をつけてくれよな」

「何を？　まさかトコを愛するあまり押し倒さないようにってこと？　そんなことしないわよ。博史じゃあるまいし」

「違うっ！　トコは無理をさせると小さくなるっぽいんだよ」

というか俺ならしかねないと本気で思ってるということか、それは？

「ああ、そういうことね。つまり私が出かける前と出かけた後で違うのはトコが一人で模様替えを済ませようとしたのが原因ってことね」

「そういうことだ」

「別に残りはトコにやっておいてって言ったわけじゃないんだけどね」

母さんはそう言いながら、少し考え事をし始めたようだった。だとしてもトコが一人で残されればそういうことになりかねなかったということはわかったのだろう。

「お母さんは悪くないんだよ。私が勝手に気を利かせて……失敗しただけだから」

トコもそんな俺と母さんのやりとりに責任を感じたらしい。

「でもまあ、ちょっと親としては問題だったわよね。せっかく生き返ってきた娘をその日に放ってどこかに行っちゃうなんてね」

「だってお仕事だし、仕方ないよ」

「そういう大人みたいな納得の仕方はしなくていいのよ、トコ」

母さんは少し不機嫌そうにそう呟く。そして俺もこの時ばかりは素直に母さんに同意したい気分だった。

ずっと色々なことを我慢してて、トコはそれが出来ないまま死んでしまった。なのに生き返ってもまだそんな「仕方ない」なんて言葉で我慢することなんてないと思う。

「というわけだから、博史。あんた明日は学校をサボりなさい」

でもすぐに俺は考えを変えた。母さんには同意しかねる。これが俺の基本姿勢だ。

「なんだそりゃ！」

「だって仕方ないでしょう？　私一人じゃ何かの用で出かけないといけないかもしれないし」

「そうかもしれないが、どこの世界に学校をサボるように命令する親がいるんだ？」

「今、この世界に、あなたの目の前にしっかりいるわよ」

「だから、それがおかしいと言ってるんだよ……」

「テストももう終わってるんでしょ？　だったらいいじゃない、どうでも。通知表の出席の数が少し減って、欠席の数が増えるだけよ。それだけ」

「それだけって言ってもなあ」

「あなたはそんなことの方がトコより大事だって言うの？　さんざん抱きついておいて、それが終われば、『俺、学校に行くから』ってトコを残していくの？」

「……そういう言い方をされるとすごい悪いことをしてるような気にもなるが」

「実際に悪いことをしてるのよ」

「いや、悪いことは学校をサボることのはずだ……」

それだけは確かだが、なんだか反論する糸口が摑めない。

「本当、あなたって頭が堅いわねえ」

「悪かったかなあ。母さんに似なくて」

「……ふふん」

母さんは不機嫌そうに俺を睨んだかと思うと、にっこり笑ってトコの方を見た。

「トコも博史にはサボってもらいたいわよね？」

「うーん。一緒にいたいけど、サボるのはよくないと思うよ」

トコには母さんの行動は予想通りだったらしく、実に模範的な回答が行われた。

「……ちっ」

　そして娘に反論されて舌打ちをする母を俺は見ることになってしまった。なんて大人げない。少しはトコを見習って欲しい。もう手遅れなんだろうが。

「ちっじゃねえだろ、ちっじゃ」

「明日は私が家にいるようにするから、博史は学校でもなんでも行きなさい」

　おい、学校に行くのはそんなに非常識なことか？

「そうするよ」

「その代わり、休日はトコといてあげなさいよ」

　母さんのその言い分には素直に納得したかったが、そうもいかなかった。これは俺の意志ではなく、先約という奴だ。

「そ、それなんだけどさ」

「なに、まだ何かあるの？」

「土曜日は美乃莉たちと出かけることになった」

「あんたの正気を疑うわ」

「いや、そこまでひどいことをしたか、俺？」

「私がここまで譲歩してるのに、なんであんたは遊びに行くなんて言い出すのよ」

「だってしょうがないだろ？　俺のこと美乃莉たちが心配してくれて遊びに行こうって言い出したんだから。トコが死んで俺が落ち込んでるって思ってるんだから無視できないだろ？」

「……でしょうね」

母さんは一応納得した様子を見せてはいたが、明らかに口がとがっていた。アヒル口だ。本当に大人げない。子供二人の前なんだからもう少し度量のあるところを見せて欲しいと思うのは俺のわがままが過ぎるのだろうか？

「それとも今からでも断れって言うのかよ？」

「そういうわけにもいかないでしょう」

母さんはそう言って腕を組んでふんぞり返った。

「だったらどうしろって言うんだよ」

「いいわよ。行ってきなさい。その代わり、日曜日はトコと遊びに行きなさい。そしてその日に疲れを残さないように、土曜日もほどほどで帰ってくること。いいわね？」

「……まあ、最初からそのつもりだけど」

実際そのつもりだったのだから、なんだか文句を言われ損という感じだ。

「トコもそれでいいでしょ？」

そして母さんはまた笑顔に戻ったかと思うとトコに尋ねる。だからなんでそっちには笑顔なんだよと思うが、やはり黙っておく。

「うん。でも、いいのかな？」

「何が？」

「一緒に出かけちゃっていいのかなあ」

そりゃそうだ。別にトコと出かけたくないわけじゃないが、死んだはずのトコがうろうろしてたらびっくりする人もいるだろう。

「いいんじゃないの？　知らせたらダメだけど、知られるのはいいんでしょ？」

相変わらずアバウトな物言いだった。普通、そういうルールがあったら少しでも接触しないようにするものだろうに、ろくにわからないうちからすでに網の目をくぐることを考えている。こんな母親に育てられたのに、トコがこんなにまっすぐ育ったのは本当に奇跡としか言いようがない。

「まあ、そうなんだけど……知らせてるようなものじゃないかなあって思うんだけど」

「知られないように努力をすればいいのよ、きっと」

きっとじゃねえだろ、きっとじゃ。俺はそう思ったが、トコは違っていたらしい。

「そうだね」

そうなのか。なんかよくわからないが、トコが納得してしまったので、今更ツッコミを入れるわけにもいかず、俺のやる気が宙に浮いた形になってしまった。

「で、博史？」

そんなところに母さんがまた機嫌悪そうに俺に話を振ってきた。

「なんだよ？」

「今日は宿題とかないわよね？」

「まあ、ないけど」

「だったらもう少し暗くなってからでいいけど、トコと散歩に行ってあげなさい」

「……いいのか、それ？」

「この辺、街灯も少ないし」

「そういう問題か？」

「それに見つかっても平気よ。堂々とこう言えば良いのよ」

「はあ……」

俺は凄まじく嫌な予感がした。

「親戚の娘なんです。トコの葬式に来て、まだうちに泊まってるんですよ——ってね」

「そうですか」

だから俺は反論せず、もう誰にも見つからないようにと祈ることにした。俺にはそんなことを平気な顔して言える神経はない。

「……で、いいのか、本当に？」

だからもう母さんとの話は切り上げて、俺はトコに尋ねることにする。

「うん。お兄ちゃんが迷惑じゃなければ散歩したいよ」

そしてトコは母さんの娘とは思えない素敵な笑顔を見せた。

＊＊＊

残念ながら、母さんの言い分は適当だったりはしなかった。

いやまあ、そのおかげで随分と安心した気持ちで散歩出来るのだから、残念ということはないのだが、やはり微妙に受け入れがたいものがある。

「本当に暗いんだなあ、この辺」

実際のところ、この辺りで夜中まで明るいのはコンビニとなぜか二十四時間開いてるジーンズショップくらいだった。ベッドタウンというか、ちょっと都会から離れた住宅街でしかないのだから、それで十分なのだろう、きっと。

「こんな時間にあんまり歩き回らないから知らなかった」

トコもまあ似たようなことを思っているらしい。俺も帰りが遅くなることはあっても、こんな時間から出かけるなんてことはなかったと思う。急いで帰ってくる時に、この辺りがどの程度暗いかなんていちいち確かめたりはしなかった。

やべ、くら、不気味だな、おい——くらいの感想で終わりだ。

「そうだなあ。でもこれくらいなら本当、安心だな」

「うん。お母さんはやっぱり物知りだよね」

「……物知りって言うのか、そういうの？」

ちなみに母さんが物知りかどうかに関しては、これまた残念ながら認めるしかない。あんな性格だが、母さんは、実はフリーの校正者なのだ。校正というのは要するに、出版前の小説の間違い探しをする仕事だ。かなり信じがたいことだが、あんなおおざっぱな性格のくせに、校正者としては優秀ということで通ってるらしく、次々に仕事をこなしている。そんなわけで難しい本も簡単な本も色々読んでいる。しかも仕事で困らないようにと暇さえあれば知識を蓄えようと、これまた本を読んでるという。

そんなわけで知識に関してはなかなかのものだということらしい。普段の生活でもその辺を披露してくれると俺ももう少し尊敬できるのだが、そういうのは仕事のために使うと心に決めてしまったらしい。俺が十歳の時にそう聞いたので間違いない。

「違うのかなあ」

しかしこの辺が夜になると暗いというのはあんまり物知りかどうかとは関係ないという気がする。俺の勝手なイメージだけど、物知りというのは母さんのように本とかそういうのをたくさん読んで知識を蓄えている人のことのような気がする。

「こういうのは知識って言うよりは知恵って感じするけどなあ」

「お婆ちゃんの知恵袋？」

それは煎餅の包装に書いてあるやつのことだろうと思ったが、まあ、そんなに間違ってないような気もする。

「生活感のある知識ってのは、俺の中では、知恵に分類される。だからこの辺が夜暗いっての知識じゃなくて、知恵」

「そうなんだ。でも、そんな気もするね」

「ま、俺の中だけどな。辞書ではどうなってるかは知らない」

「うん。でも私の中でも今日からそうなった」

「そうか」

俺はそこで納得してから、はて何の話をしてたんだろうかと思う。少なくとも知恵と知識の違いについて話してたわけじゃないと思う。

「どうしたの？」

「いや、なんでこんな話になったんだっけ？」

「お母さんの言うとおりだったねって話からじゃなかったかな」

「あ、そうか……」

なんか嫌なことを思い出した気分だった。だから俺はとりあえず次の話題を探す。

「あれ……」

でもその前に、おかしな状況に遭遇した。別にどこに行こうというわけじゃなかったが、なんとなく歩いてたら、不思議と行き詰まった。

「どうしたの、お兄ちゃん？」

「いや、ここに確か、道があったよな」

だがそこには家が建っていてその塀が行く手を阻んでいる。

「二年くらい前につぶしちゃったみたい」

「道を？」

「うん。元々、私道だったんだって。で、細いし、暗いし危ない雰囲気が漂ってるからって」

「そういうこともあるのか」

というかなんで、トコがそんなことを知ってるんだろうと思う。

「この辺に友達の家があって、その娘から聞いた知識なのでちょっと怪しいかも」

「噂ってそういうレベルってことか？」

「うん。そうそう。そういえば、これって知識？　知恵？」

「……難しいな」

なかなかに難問だなと俺は思う。実際のところ、別にどっちでも困らない気もする。

「私は知識派かな」

「じゃあ、俺も知識ってことにしておく」

「うん。じゃあ、知識だね」

トコはそう言ってにっこりと笑ったみたいだった。でも暗いのでよくわからない。まあ、空気でそう感じたということにしておく。

「ところで、さっきの友達って話だけどさ」

それで俺はさっきの話で少し気にかかったことを確認しておこうと思う。

「うん？」

「もしかしてユキちゃんって娘のことか？」

「うん」

「そっか」

「ユキちゃんがどうかしたの？」

そう尋ねられて、俺はしまったと思う。気にはなったが聞くにはあまり適当とは言えない質問だと今更気づいたのだ。

「えっと……鉄丸ってのがいて」

「ユキちゃんのお兄さん？」

「そうそう。俺の友達なんだよ。ついでに言うと土曜日に遊びに行くのはそいつのアイデア」

そこにユキちゃんが来るかもしれないということはさすがに黙っておこう。それを言えば、ユキちゃんが学校を休んでることまで言わなければいけなくなりそうだ。それは避けたい。

「あ、そうなんだ。ユキちゃんの話だとけっこう変な人みたいだったけど」

「まあ、実際、変な奴だけどな。でもまあ、悪い奴じゃない。なんだろ、正直な奴なんだよ。普通なら言わないようなことを言っちゃうだけだな」

「けっこう大事なことじゃないかな、それ」

トコはそう言いながら小さく笑う。軽く鈴のような声が響く。

「だから俺のことも、ことあるごとにオッサン、オッサン言うんだよな」

「オッサンなの、お兄ちゃんは？」

「いや、まあ、老けてはいるよなあ。同じクラスの連中からすれば」

「そうかなあ。私は大人びてるって感じに思うけど」

「……ものは言い様だな」

鉄丸もそれくらいの言い換えがすらすら出来れば女の子にモテるだろう。

「本気で言ってるんだよ？」

「あ、ごめん。鉄丸もそういう言い方が出来ればいいのになあって意味」

「ああ。そうなんだろうね。ユキちゃんもそう思ってるみたい」

そんなトコの話から想像するに、ユキちゃんというのは鉄丸とは違って常識人ということなのだろう。まあ、俺の妹と言われて、トコを想像する人間もいないだろうし、鉄丸の妹だからって非常識な娘と考える必要もないのだが。

「あ、ちなみにユキちゃんの家はこの辺だよ。そこの角曲がったところ」

少し歩いたところで、トコがそんなことを言い出す。

「……じゃあ、そっちには行かない方がいいかもな」

「あ、そうだね。気をつけないと」

「まあ、ユキちゃんもこんな時間にふらふらと出歩いたりはしてないだろうけどなあ」

「そうだけど鉄丸さんだっけ？　お兄さんの方は夜出歩くかも」

「どうかなあ。あいつはあいつで夜歩きそうにないけど」

「なんで？」

「服装によっては女の子みたいな奴なんだよなあ。だから夜出歩くと、女の子と間違えられて襲われるかも」

「……襲っちゃうの？」

トコがひどくびっくりした様子で尋ねてくる。

「いや、俺は襲わないけどね」

「お兄ちゃんが襲うとは思ってないよ」

なんとなく、俺が責められてる気がした。

「それはそうと、どっちに行くかな？」

これ以上歩くと、鉄丸の家に接近しすぎそうなので、俺は一度立ち止まった。

「どっちでもいいけど……こっちに行こうか？」

それでトコは俺の手を引っ張って歩き始めた。わかっていたことだが、トコの手は冷たくて、俺は少し驚いてしまう。

「秘密倉庫があったのこの辺じゃなかったっけ？」

でもトコの心は昔の思い出に向かっているらしい。

「…そうか」

トコに言われてそんなこともあったなと思い出す。

秘密倉庫なんて大層な名前だが、要するに子供なのでなんの倉庫かわからなかっただけのことだ。今思うと、それが倉庫だったのかすら怪しい。いかにもなプレハブ建築で、その中に色々な紙が保管されていた。鍵がかかってはいたが、ナンバー式のもので、しかもぼろいので別に番号なんてわからなくても外せたのだ。

しかも俺たちがそこで遊んでた時には誰一人来ることはなく、近所のお店の在庫を置いてある場所って感じにも思えなかった。

「まだ、あるのかな、あれ？」

「どうだろうなあ」

あんなものがあった理由もわからないのだから、なくなる理由も思い浮かばなかった。だからまあ、そのままでここにあるものだろう。俺はなんとなくそう思った。

「……ここ、だったよね？」

でも現実は違っていた。トコもきっとあると思ってたのだろう。

「だったと思うんだけどな」

でもそこにもう秘密倉庫はなかった。じゃあ代わりに何かがあったかというとそういうわけでもない。そこにあったのは秘密倉庫の残骸だった。燃えかすと言った方が適切かもしれない。秘密倉庫は燃えてしまったらしい。そしてそのままにされていた。

「だよね、ここだよね」

でもトコは信じたくないという気持ちでいるらしい。握っていた手が震えるのがわかった。

暗いからはっきりとはわからないが、寂しい光景としか言い様がなかった。燃えたまま放置されている。それだけでも十分なのに、俺たちはここで小さな頃、遊んだ記憶があった。

「燃えちゃったんだな」

こうして今日ここに来なければ、ここにはまだ秘密倉庫があるつもりでいられただろう。でももう知ってしまった。

そして俺はこの辺で最近、火事があったのを思い出した。救急車の音にけっこう近所だななんて思ってはいたが、まさか秘密倉庫が燃えていたとは考えていなかった。派手に燃えたが死傷者はなし。そんな近所話を聞いてホッとしてたくらいだ。

「帰ろうか」

トコがぎゅっと手を握ってきたせいで、俺は現実に戻ってくる。考えてみれば現実の秘密倉庫は燃えてしまったが、俺の想い出の秘密倉庫が燃える訳じゃない。

でもやはり良い気分とは言えなかった。それはきっとトコも一緒だったのだろう。

「そうだな。けっこう遠くまで来たしな」

少なくとも子供の頃はここまで来るのは大冒険だった。だからこそ、俺たちにとってこの秘密倉庫は「秘密倉庫」となり得たのだ。

「うん。少し疲れたかも」

「じゃあおんぶしてやろうか？」

「ええ？　いいよ、そんなのぉ」

トコは戸惑ってはいたが、そんなに嫌がってるようでもなかった。

「また小さくなられても困るしな」

「……じゃあ」

それでトコは納得したのかと思ったが、どうもそうではないらしい。

「なんだ？」

「おんぶじゃなくて、肩車して欲しいんだけど」

「……まあ、いいけど」

トコの提案を意外には思ったが、まあそれはそれでいいかなと思う。疲れたトコを歩かせないということならどっちでも同じだし。お姫様だっこしてとか言われるよりは、かなりマシと言えるだろう。

「大丈夫？」

「……まあ、大丈夫だろ。俺も背が伸びたし、トコも今は小さいし」

そう言って俺はトコを抱えて持ち上げた。

「わわっ」

実に軽かった。見た目も軽いし、見た目より軽い。だから俺はあっさりとトコを担ぐと少しバランスを調整する。

「どうだ？」

「うん、良い景色だよ」

「暗いのに見えるのか？」

「見えないけど、まあ、高いって気分がいいかなって」

「ま、それならいいんだけど」

それでトコの安全を確かめたところで俺は歩き始めた。

しかし中学二年生になったはずの妹を肩車することになるなんて考えたこともなかった。

でもトコは小さな頃から憧れていたのかもしれない。

まあ、俺にということではなく、きっと父さんにだろうが。父さんは俺が五歳の時だから、トコが二歳の時、離婚して家を出て行ってしまった。だからトコには父さんに肩車してもらった記憶なんてないんだろう。

だからきっとはしゃいでいるだろうトコの顔は容易に想像できるのだが、やはりちょっとこう色気のない展開だなあとは思う。

「うむう」

「どうしたの？」

「いやあ、年頃の娘さんを肩車というのもどうかと思ったわけですよ」

「……今は小さくなってるからいいってことにしようよ」

「まあ、そういうことにするけど」

俺はそう言いながら、けっこう重要なことに今更気づいた。

「そういえば、トコ？」

「なに？」

「お前なんで、ずっとジャージなんだ？」

まあ、ずっとそうだったからそういうものだろうと思っていたが、考えてみれば少し奇妙な気がする。まあ、中学の制服でこんなことしてたら、俺はどんな変態様だという状況ではあるのだが。

「お母さんが全部処分しちゃったんだよ」

「……そういやそうだったな」

母さんの鬼のようなあっさりぶりの被害がこんな形で出ようとは。

「だからこれもお兄ちゃんのお古」

「……新しいの買ってもらった方がいいぞ」

「うん。でも外に出ることもないから、そんなにいらないかなって思ってた」

「遠慮するなよ。処分したのは母さんなんだから」

「それはわかってるんだけど……サイズがよくわかんなくなっちゃったし、しばらくはお兄ちゃんので我慢するよ」

そういえば模様替えを頑張ってるうちにトコは縮んでしまったのだった。俺も中学の頃はそんなに背が高くなかったが、それでもトコにしてみれば大きいはずで、しかも今のトコとなるとなおさら。

「しばらくっていつまでだよ？」

「うんと……身長が安定するまで？」

「回復したら元の背になるのか？」

「多分そうだと思うんだけど……生き返るのに使った分は戻らないかも……しれない」

「二、三日様子を見るってことか？」

「それぐらいでわかるよね、きっと」

トコはそう言うと何か大きな発見をしたようだった。

「そうだ、お兄ちゃん！」

「なんだ？　どうした？」

「日曜日、服を買いに行こうよ」

「ああ、いいんじゃないか。その頃には身長も安定してるだろうしな」

「うん。じゃあ、そうしよう。服はお兄ちゃんが選んでね」

「……マジか？」

「だって可愛い方がいいし」

「いやいや、俺は女の子の服なんてわからないし」

「私が着て似合うのを選んでくれればいいの」

「……そうだなあ」

しかしそんなことをした経験はないので上手くやれるだろうか。

「ダメ？」

「ダメじゃなくて……ちょっと自信がない」

「お兄ちゃんの好みの服でいいから」

「まあ、それならそうするけど」

というか俺の好みの服ってどんなんだ？　俺はそんなこだわりなんて持って生きてきてないぞ、きっと。

「じゃあ、その件はそれで解決だね」

「だと、いいけど」

というかあくまで予定であって、まだ随分と先のことのような気がする。

「しっかりしなんだなあ」

だから俺は少し間をおいて、別の話を始める。

「なに？」

「こうして歩いてるところを見られたら、俺たちどう思われるんだろうなあ」

「……変かな、やっぱり」

「いや、そういうことじゃなくて、トコは小さくなっちゃったし、俺は老けてるし」

「大人びてるんだよ」

「ま、そうだとして、ちょっと兄妹には見えないよな」

「……それは、そうかな」

そしてもちろん恋人同士になんて見えないのは言うまでもない。

「親子って感じかなあ、やっぱり」

「えー。私、お兄ちゃんの子供なの？」

「でもなあ、そうでもないのに肩車なんかしないだろ」

「それはそうだけど――」

トコがしょんぼりとした声。それにさらに小さな声が続く。

「私はお兄ちゃんのお嫁さんになりたいのにな」

そしてトコはさっきの俺の言葉が不満だったらしく、俺の頭をぽかぽかと殴り始めた。

まあ、美乃莉の辞書攻撃に比べればずっと可愛いものだ。

＊＊＊

今日は色々あったな。

風呂から上がった俺は部屋に戻ってきてそう思った。

いや、本当に色々あった。

妹の部屋で目覚めたかと思うと、死んだはずの妹の着替えを覗き……いや、なんかあらすじで語るとかなり変態じみているが、別にそういうことじゃなかったはずだと考え直す。

「まあ、なんだかわからないが、とりあえずトコがいてくれてよかったな」

それだけは間違いなく喜んでよさそうだなと思う。どうしてそうなったのかイマイチ釈然としないのは今後の課題ということにしておこう。

「ふああ」

そう思うと眠くなってきた。考えてみれば、昨日の睡眠はろくなものじゃなかった。カーペットもない床でごろ寝だ。しかも毛布も掛けず。これで疲れが取れてるとしたら、それはそれで問題だろう。

「お兄ちゃんっ」

ドアのノックに続いて、トコの声が響いた。

「うん？」

「開けていい？」

「いいけど」

俺がそう言うとドアがすっと開いて、トコが入ってきた。

「なんかあったのか？」

それともまだ話し足りないということか？　まあ、その可能性はあるなくらいは思う。

「一緒に寝ていい？」

でも全然予想を超えた答えが返ってきた。

「一緒に寝ようよ、お兄ちゃん」

それで改めて見るとトコは大きめのTシャツを一枚着ただけという格好だった。脇には なぜか座布団を抱えている。それで気づいたのだが、トコは寝間着も処分されてしまったのだ。だからこれは俺のお古なのだろう。実際、昔着てた覚えがある。

そしてこのトコの突然の大胆発言は特に他意はなく、要するに、
私寝るところないんだけど、どうしようか、お兄ちゃん？――ということなのだろう。

「母さんのところじゃダメなのか？」

「一応聞いてみたんだけど、お兄ちゃんに相談しなさいって」

もはやうちの母親には問題が起こったらどうしようとかそういう考えはないらしい。ま
あ、俺は問題など起こさないが、起こさないだろうと信頼されているからこその発言とい
う気はしなかった。くそう。

「……本当にいいのか、それで？」

独り言だ。別にトコに聞いたわけじゃない。

「いいよね？　昔は一緒に寝てたし」

でもトコは本当にいいらしい。まあいやならそもそも俺の部屋に来ないだろうが。

「まあ、そうだなあ……」

トコは昔のままといえばそんな感じもする。いくら身長が不安定とはいえ、起きたら美
女に変身してるということもないだろう。

それにトコが望んでいるとなると、俺は断りづらいものがあった。まあ限度はあるし、
結婚してってことに関してはさすがにどうかとも思ってる。

でも無邪気に一緒に寝て欲しいと言われれば、俺も無邪気に答えた方がいいのだろう。

「じゃあ、寝るか」

それに俺もいい加減眠かった。このまま夜通し一緒に話すよりはその方が俺も助かる。別に気にすることじゃない。小さな妹と一緒の布団で寝るだけだ。それ以上でもそれ以下でもないのだから。

「じゃあ、寝よ寝よ」

そしてトコが一足先に俺のベッドに潜り込んだ。そして抱えてた座布団をベッドの上に置く。どうやら枕の代わりだったらしい。

「お兄ちゃんの臭いがするよ？」

「……そりゃそうだろうな」

といっても俺にはイマイチ実感はなかった。自分の臭いというのがどういうものかわからない。ただ自分のベッドだ。臭いがすると言われればするだろうと思う。

「電気消すぞ」

だから俺は気にせず、そう言って寝る支度を本格的に始める。

「あ、うん」

それでトコは座布団に頭を乗せて寝転がる。

「おやすみ」

そして俺は電気を消した。

「おやすみ、お兄ちゃん」

そこに届くトコの声。俺は記憶とその声を頼りに、自分の布団に潜り込む。

そして思い出した。トコに体温がないということを。

目に見えて話してた時はすっかりと忘れていたが、暗がりではトコがそこにいるのを確かめるのは難しかった。

「お兄ちゃん、ぎゅっとして」

なのにトコはそんなことを言い始める。もちろん変な意味ではないのだろう。だから俺はそれに応えて、トコの冷たさを感じることになる。

「これでいいのか?」

「うん」

トコの声。次第に暗さに慣れてきた目がトコの笑顔を捕らえる。

「……そっか」

そして俺は次第にトコが暖かくなるのを感じた。それはトコ自身のぬくもりではなかったのかもしれない。俺自身の熱がトコに移っただけなのだ。でも、それが俺には大きな救いに感じられた。

トコは死んでしまって、もう暖かくはないけれど、俺がこうして暖めてやれば、こうしてぬくもりを返してくれる。俺はそれでホッとした気持ちになれた。

だから驚くほどあっさりと俺は寝てしまったみたいだった。まあ、疲れてたしな。

3
鉄丸《てつまる》：俺の友達

「……ん？」

朝、目が覚めるとトコがいなかった。

「夢、だったのか？」

だからこそ、今度こそ、そうなのだろうと俺は思った。

実に長い夢だった——と心の中で呟いて、でもどこからが夢だったのだろうかと思う。

トコが死んだところからか？　それともトコが生き返ったところか？

まあ、普通に考えれば後者だろう。死んだところからだとするとさすがに長すぎるし、それに人が生き返るなんて、いかにも夢っぽい。

「そうだよな。トコが生き返ったわけ……ないよな」

寂しさがこみ上げてきた。そして残酷な夢だったなと思う。夢自体はむしろ暖かいものだったけれど、覚めてみればそう感じる。

もう会えないと思ってた妹とまた会えた。そう思ったら、夢だったのだから。

「お兄ちゃん、もう起きちゃったんだ」

でも夢じゃなかったらしい。ドアを開けてトコが入ってきた。

「……ああ、うん。おはよう、トコ」

それともまだ夢の続きなのか？　だとすると、どこからが夢で……と俺はさっきと同じことを考え始めてぐるぐると頭が回るのを感じた。

「おはよう、お兄ちゃん」

そう言って笑うトコは顔色が悪い。青白い。

でもそれは調子が悪いというわけではなく、昨日と同じなのだ。

「夢じゃなかったんだな」

ということはやはりトコは生き返ったということなのだ。

「夢の方が良かった？」

「そんなことはないけど……起きたらトコがいなかったから心配した」

「ごめんね。もう少しお兄ちゃんは寝てるものだと思ってたから、朝ご飯を用意しちゃおうかなって」

トコはそう言って俺の側に寄ってくる。すでに着替えを終えてるのを確認すると、なんだか自分がひどくだらしなく感じられる。まあ、トコの格好は相変わらず俺のお古で昨日と違うTシャツを着て下はどこから持ってきたのか少しぶかぶかなスパッツをはいているというくらいで、少しもしっかりという感じではないのだが。

「ま、謝るようなことじゃないさ」

だから俺はとっととベッドから出て、トコが用意してくれたらしい朝ご飯でも食べに行くかという気になる。

「……でも、ちょっと残念だったな」

トコはそれに気づいて俺と一緒に、俺の部屋を出て行く。その間際、トコが小さく呟くのが聞こえた。それはきっと独り言だ。

「ん？」

でも俺はそれに反応してしまった。

「えっとね——」

だからトコからとんでもないことを聞かされることになる。

「お兄ちゃんが寝てたら、キスしちゃおうかなって思ってたの」

「……そうか」

そんなわけで俺はちゃくちゃくと新婚さんになってしまってるらしいと悟った。

＊＊＊

起きて早々、そんなことがあった割には、その後は実に何もなかった。

学校はもはやいつも通りという感じで、クラスメイトも俺に特に気遣う様子もない。まあ毎日毎日、お悔やみを言われても困るのでそれでいいのだが。

そんなわけで、授業が午前中だけということもあり、あっと言う間に放課後になった。

「だから、なんでそういうの選ぶかなあ」

そして昨日果たされなかった約束を果たすため、俺たちは寄り道をした。駅前に水着を買いに来たのだ。

「……いいじゃない」

しかし水着選びは難航しそうだった。

季節はずれで選ぶほど水着はないはずなのに、鉄丸と美乃莉の意見は噛み合わない。

「よくないよねえ、ヒロポン？」

鉄丸は美乃莉の選んだ水着が気に入らないらしい。

「そうか？」

でも俺は別に不満はなかった。美乃莉の水着は美乃莉のものだし、自分で気に入ったものを選べばいいと俺は思う。

「じゃあヒロポンはあれでいいっていうの？　あれで！」

鉄丸はそう言って美乃莉が持ってる水着をこれでもかという勢いで何度も指さした。

それは別に取り立ててどうということもない水着だった。基本色は茶。デザインも普通のワンピース。良いも悪いもない無難な選択だろうと思う。

「いいんじゃないか？」

正直、美乃莉の着るものだしそんなものだろうと思う。しかし鉄丸はそこがまさに不満であったらしい。

「だって、あの水着はミノリンらしいにも程があるよっ」

「……いや、美乃莉が着るんだろ？　美乃莉らしいならいいじゃないか」

「何言ってるんだよ。それならわざわざ買いに来る必要ないじゃないか」

「いや、学校指定のだと格好悪いから買いに来ただけ……じゃないのか？」

俺はそうだったと思いこんでいたので、なんだか不安になる。でも美乃莉の方を見ると、美乃莉もそのつもりだったらしく、鉄丸の態度に呆れた様子だった。

「そうだよ。何を期待してるの？」

そんな美乃莉が鉄丸に尋ねる。

「僕は何も期待してないよ。ミノリンはミノリンだし」

そして鉄丸はそう言いながら口をとがらせる。お前、言ってることと態度が噛み合ってないぞ。明らかに不満そうに言うことか、それは。

「だったらいいじゃない、これで」

「でも、それはミノリンらしいにも程がある」

「……だったらどういうのにすればいいの？」

美乃莉は少し怒った様子で尋ねる。俺はそんな二人を見ながら、なんでこんなことで言い争ってるんだろうと思ってしまう。

だが鉄丸には何事かこだわりがあるようだった。

「せめて上下分かれてるやつにしようとか思わないの？」

「……思わないよ」

「ちょっとおへそ見せちゃおうかなとか思わないの？」

「思わない」

「ミノリンは元気のないヒロポンのために、少しくらいサービスしようって気はないの？」

「それはあるけど……それがおへそ見せることなの？」

「いやまあ、別にミノリンのへそなんか見たくないけど」

「だったら言うなっ」

美乃莉は吠えるようにそう言うと、ぷいっと鉄丸から視線を外した。無理もない。俺から見ても鉄丸の言い分は意味不明だ。

「さっきから何が言いたいんだよ、鉄丸は？」

だから俺としても聞いてみたくなってしまう。

「ミノリンはもっと興味をそそるような水着にした方がいいって話だよ。その辺はヒロポンも賛成でしょう？」

「……いや、別に」

というかこれ以上揉めても周りから変だと思われるだけだし、さっさと買って帰りたいというのが正直な気持ちだ。大体、女性の水着売り場に男二人、女一人でいるってのはどうなんだ、実際？

「それは期待した僕が馬鹿だったってこと？」

「何を期待してたのかは知らないけど、美乃莉の水着選びにそんなに問題があるとも思えないんだがなあ」

それで俺は水着と美乃莉を交互に見て、それを着ている美乃莉の姿を想像した。それで俺はなんというかいつも通りの美乃莉だよなあと思う。

「……じゃあ、いいよ」

でも鉄丸はすごく残念そうにそう呟く。言葉こそ肯定だが、明らかに不満が残ったという態度だった。

「別にいいだろ、美乃莉らしすぎても」

だから俺はもう少し説得した方がいいのかと思った。

「だからいいって。ヒロポンがいいならいいよ。ヒロポンが水着を選ぶって話だったんだし、ヒロポンがあれでいいなら、それがいいんだよね」

「……なんかひっかかるなあ。だから何を気にしてるんだよ」

「明日、悲惨なことにならなければいいなあって話だよ」

「はあ？」

本当に何を気にしてるのかわからない。そんな俺の気持ちが顔にも出てたのだろう。鉄丸は観念した様子で話を始めた。

「明日はだってユキも一緒なんだよ？」

でもやっぱりなんだかわからない。

「ユキちゃんが来ると問題なのか？」

「ユキは可愛いから」

「……可愛いのが悪いのか？」

「ミノリンのそのらしい水着姿じゃ、かなり見劣りすることになると思うよ？」

鉄丸の発言に俺も美乃莉も固まった。

「……お前、そんなこと心配してたのか？」

「心配もするよ。だって四人で行ったらヒロポンの視線は自然にユキに向けられるんだよ？」

「いや、そうと決まったわけじゃないだろ……」

というか別に俺は人の水着姿を目当てにプールに行く訳じゃあない。まあ、まったく見る気がないってわけでもないが。

「なんだよ、ユキにはそんな魅力がないっていうの？」

「いや、会ったことないし……」

しかしまあ鉄丸を見る限り、その妹のユキちゃんというのはやはり可愛いのだろうなあということは容易に想像できた。

「初めて会った可愛い娘と前から知ってる普通な娘の水着姿だったら、ヒロポンはどっちが見たいと思うわけ？」

「そりゃまあ……一般論で言えば初めて会った方だろうなあ」

「でしょでしょ？　だったら前から知ってる娘の方は普段とは違う大胆な水着を着るべきだって思わない？」

「……うーん。そう言われるとそうかもなあ」

とはいえ、そんなことをしている美乃莉というのも想像しがたい。まあ、想像しがたいからこそわざわざ見たいという気持ちになるということなのかもしれないが……。

「わかったわよぉ」

そして美乃莉の声に続いて、ガチャガチャと音を立てるのが聞こえた。見ると美乃莉はさっきまで持っていた水着を元の場所に戻していた。

「美乃莉はさっきの鉄丸の話に賛同したわけ？」

「ヒロ君だってしたくせに」

「だから一般論だって言っただろ？　美乃莉に大胆な水着を着ろなんて言ってないって」

だから鉄丸になんか乗せられなくたっていい。そう言ったつもりなのだが、なんだか美乃莉はさらに不機嫌になってしまったようだった。

「そうだね、言ってないね」

「だから、なんでそこで怒るんだよ」

「いいでしょ？　別に。私だってせっかくだから大胆な水着を着てみようって思うことだってあるの」

「まあ、それならいいんだけどさ。なんからしくないぞ、そういうの」

なんだか俺だけ悪者みたいだ。さっきまで、らしいからいいってことで俺は多数派に回っていたはずなのに乗り遅れたということなんだろうか。こんなこと知られたら母さんにまた頭が堅いと笑われそうだなと思う。

「だって……」

美乃莉は何か言いかけたけど、黙り込んでそのまま水着あさりに集中し始めたみたいだった。さっきまで見ていたワンピースのところではなく、ビキニというほどではないが、上下分かれたへそが見える水着の列だ。鉄丸の言ってた通りにするつもりなのか、美乃莉は？

「なんでそうやって鉄丸の言うとおりにするんだよ。確か、俺が選ぶってことでついてきたんじゃなかったか？」

「だって……ヒロ君はいつも通りでいいってしか言わないじゃない」

だから、それが悪いみたいな言い方をしないでくれと思う。そりゃ単純な好みで言ったら色々あるかもしれないが、さっき美乃莉が自分で選んだのは本当に似合ってると思ったのだ。それをそうと言って怒るなんて、それこそ美乃莉らしくない。

「それが悪いのか？　いつもの美乃莉でいいって言うのが悪いのかよ？」

「悪くないけど……悪くないけど……でも……その通りにしなくてもいいでしょ？」

そう尋ねてきた美乃莉が何か言いたいことを飲み込んだみたいに見えた。

「そうしたいならそうすればいいけどさ、俺としては鉄丸と二人がかりで責められているみたいで気分が悪いかもしれない」

でも俺は美乃莉が何を言いたかったなんてわからなかった。

「……そういうつもりじゃないんだけど、そう聞こえるかもね」

美乃莉はでもその答えを口にすることなく、水着の候補を絞って俺に見せる。

「どっちがいい？」

美乃莉が選んだのはデザイン的には同じで、色違いのものだった。セパレートタイプでボーダー柄で、白と赤のものと、白と青のものだ。美乃莉にしては信じられないほど、大胆なチョイスと言っていいだろう。

「赤かな」

どっちかと言われれば、まあそっちだろう。俺はそう思って答えた。

「じゃあ赤にする」

そして美乃莉はそれだけで、それに決めることにしてしまったらしい。

「本当にそれにするのか？」

「ダメかな？」

「ダメじゃないし……むしろ嬉しいけど……」

「けど？」

「明日、それ着るんだぞ？　しかも大勢の前で」

「べ、別に水着のモデルになるわけじゃないし……大勢の前ってのは違うと思うけどなあ」

美乃莉はそうは言いながら、次第にことの重大さに気づき始めたようだった。さっきまでは勢いでなんとかなったが、冷静になるとやはりらしからぬことをしてるとわかったのだろう。

「とりあえず着てみれば？」

しかし鉄丸はそんな美乃莉の背中を押して転がるところまでは転がしてしまおうという魂胆のようだ。

「……着るの？　これを？」

「それにしたのはミノリンでしょ？　それともやっぱりあの茶色の地味のに戻す？　ま、あっちの方がミノリンらしいけどね」

「わ、わかったわよ。着ればいいんでしょ、着ればっ」

美乃莉はそう言って店員を探すと、試着する許可を求めた。

「本当に着るつもりなのか、あれを……」

俺は美乃莉のその必死さに一抹の不安を感じてしまう。

「意外に似合うかもよ」

でも鉄丸はなんだか楽しそうだった。さっきまでは口をとがらせて小学生のようにすねてたくせに。

「意外にってのも失礼だなあ」

「でもまあ、ちょっと想像つかないよね」

「そうだなあ」

実際、さっきの水着と美乃莉のイメージが少しも重ならない。

小さな頃、美乃莉がビキニを着てたこともあった。しかしそれは小学生も低年齢の頃の話で、その頃はまったくもって男も女も関係なくて、なんでそんなデザインなんだろうと思ってた。その時のことを思い出してもなんの参考にもならない。

「ちょっと行ってみようか？」

鉄丸はそう言いながら、試着室の方へと歩き出した。まあ、美乃莉もいないので男二人で水着売り場にいるってのも変な感じがする。それなら美乃莉が着替えるのを側で待ってるという方が自然な気もする。

「まあ、どこか勝手に行くわけにもいかないしなあ」

「他の候補を持ってこいって言われるかもしれないしね」

「……それもそうだな」

というか、こういうのってとりあえずいくつか持って入るものなんじゃないかと気づく。まあ俺が選んだのを着るという話だったのだから、そんな必要もないのかもしれない。

「ミノリン、着替えたー？」

そうこうしてる間に試着室の前についたので、鉄丸が話しかけた。

「え？　え？　なんで来るの？」

それに露骨に驚いた様子で美乃莉が答える。

「だって暇だし、男二人で水着売り場にいたら、女装趣味がある変な人だって思われるよ」

「……いや、それは思わないと思うけど」

美乃莉はそれでも鉄丸にツッコミを入れるくらい余裕はあるらしい。

「って、言うかさ、落ち着かないから、どこか行っててよ」

と思ったけど、そうでもないらしい。

「えー。せっかく応援に来たのに、ミノリンは冷たいなあ」

「何の応援よっ」

「えっと……事故を装ってこのカーテンを引っ張ったりとかくらいなら出来るよ？」

「するなっ！」

美乃莉は大声で鉄丸にツッコミを入れるとカーテンの間から顔だけ出す。

「着てみてサイズに問題なかったら買って帰るから、鉄丸君はもう帰ってもいいよ」

「……ひどいなあ、ミノリンは。水着着た途端、いきなり強気だよ」

「必死なのっ。今だってすごく恥ずかしいんだから」

噛みつくように美乃莉はそう言うと、少し落ち着いた様子に戻って俺の方を見る。

「じゃあ俺も帰った方がいいのか？」

「ヒロ君は……一階のファーストフードとかで待っててくれると嬉しいかなあ」

いずれにせよ、ここにはいるなということらしい。

「だったら僕もそれでいいじゃない」

でも鉄丸の感想は別のことだった。まあ、俺もそう思う。

「じゃあ、そうすれば？」

「っていうか、お披露目はしないわけ？」

「お披露目って……」

「試着したら『どうかな？』って見せるものでしょ？」

「……鉄丸には見せない」

「じゃあヒロポンには見せるんだね？」

「うっ」

「僕は明日ぶっつけでもいいけど、今日のうちにちゃんと確かめておいた方がいいと思うよ。大胆な水着を着ればいいってものじゃないし」

そして鉄丸はやはり容赦ない。美乃莉の精一杯の勇気などどうでもいいという感じだ。

「……わかってるよぉ」

「ま、僕が邪魔だって言うなら帰るけどね。別にミノリンの水着姿なんて興味ないし」

「その割には注文がうるさかった気がするけど」

「それはミノリンが頼りないからだよ」

鉄丸はそう言うと本当に帰る気になったらしい。

「じゃあ、僕はこの辺で帰るね」

「……なんだよ、せっかくだから最後までいればいいだろ？」

俺は正直にそう言ってみたが、鉄丸はそれにわかってないなあという顔をする。

「ミノリンがお披露目するまで待ってたら日が暮れちゃうからね」

「そうか？」

俺はもう着てるんだし、もう時間はかからないと思ったが、そうでもないらしい。

「そ、そうかも」

美乃莉はどっちかと言わなくても鉄丸の意見に賛成のようだ。

「ま、そういうわけだから面倒だろうけど、最後まで付き合ってあげてよね」

そして鉄丸はお見通しだったという感じで、美乃莉と俺に手を振ると去っていく。

「じゃあね、ヒロポン、ミノリン」

「また明日な」

俺も手を振って鉄丸を見送る。

「じゃ、じゃあね、鉄丸君」

そして美乃莉も遅れてそう告げる。

「で、本当に鉄丸の言うとおり、お披露目には時間がかかるわけ？」

そして残された俺は美乃莉の方を見る。まだカーテンの間から顔を出したままだった。

「うん。というか、その……」

「なんだよ？」

「やっぱり別のにしてもいいかなあ……」

美乃莉が申し訳なさそうに視線を落とす。

「いいけど。じゃあ、どういうのにするんだよ？　俺が取ってきてやろうか？」

「……それもなんだか申し訳ない気がするんだけど」

しかし着替えてまたというのもなんだか本当に日が暮れてしまいそうだ。

「まあ、他にも客がいたら俺もどうかと思うけど、今なら引き受けるぞ」

「でもデザインは今のがいいよね？」

「……というか、それなら替えなくていいんじゃないのか？　ああ、色か。赤じゃなくて、青の方がいいってことか？」

「そうじゃなくてね」

美乃莉は俯いたまま、首をぶんぶんと横に振る。

「やっぱり自分で取ってくるからいいよ。ちょっと待ってて」

そして顔を引っ込めた。どうやら着替えることにしたらしい。

「まあ、美乃莉がそう言うなら、それでもいいけど」

というか何を気にしてるのか俺にはよくわからない。デザインは同じで色でもないなら、何を替えるつもりなのか。

「……でも待ってるの面倒だよね」

「面倒じゃないけど……正直、意味がわからない」

「わからなくていいよぉ」

「……なんなんだ、それは」

美乃莉の言葉に俺は疑問が深まる思いだった。それを申し訳ないと思ったのか、美乃莉がまたカーテンの隙間から顔を出す。

「サイズが合わなかったの」

「……なるほど」

そう言われてみると、確かにそういう要素もあったなと納得してしまう。しかしそんなにサイズなんて違うものなんだろうかと思う。水着なんてS、M、Lくらいでけっこうアバウトなものだろうと思ってたが、やはり女向けのものはそういうわけじゃあないのか。

「ウ、ウエストじゃないからねっ」

「ん？」

「ウエストが合わなかったからじゃないからね」

「別にそんなこと思ってないって」

本当に思ってなかったので、素直にそう答えてみたものの、しかしじゃあどこが合わなかったのかと考えてしまう。

「か、考えないでよぉ」

しかし美乃莉に先手を打たれて、俺の思考は止まる。とはいえ、ウエストじゃなければ他はまあそんなにないよな、実際。

「ごめん、考えた」

「……うぅ」

「というか、いちいち着替えなくてもデザインは決まってて、サイズが少し違うだけなら、ほぼイメージはそれでいいんじゃないのか？」

着て歩き回るわけじゃなく、少しカーテンを開けて俺に見せるだけなら、そんなにぴったりしたサイズである必要もないだろう。

「……そ、それはそうかもしれないけど」

「別に飛び跳ねるわけじゃないし、少しくらい合ってなくても問題ないだろ？」

「そ、そうなんだけどね」

でも美乃莉にとってはかなり重要なところであるらしい。

「……まあいいや。美乃莉がそれで納得いかないなら、着替えるまで待つよ」

それで俺は少し離れることにする。

「待って！　というか待たなくていいから」

でも美乃莉に呼び止められた。しかもどっちかよくわからない言い方で。

「なんだよ？」

「ヒロ君の言うとおりだと思う。ちょっと見るだけだもんね。そのために何分も待ってもらう必要ないよね？」

「……と思うけどなあ、俺は」

でもそうした方がいい理由が美乃莉にはあるんじゃなかったのだろうか？　俺はそのこ

とを考えてしまったが、美乃莉はそんな俺の前でさっとカーテンを開いた。

「ど、どうかな？」

そう言って落ち着かなそうにポーズをころころ変える美乃莉。その水着姿を見て、俺はなるほどと内心、納得してしまった。

俺はずっと思い違いをしていた。美乃莉がサイズが合わないと言ってるのは、少し水着がゆるいという意味だろうと思っていた。

でも実際には逆だった。美乃莉の胸は俺の知らぬ間に随分と大きくなっていたらしい。おかげで小さい水着に押し込まれて、なんだかものすごいことになっていた。

正直、かなりいやらしい。これは美乃莉じゃなくても、確かに見せたくないと思うだろう。

「……ああ、いいんじゃないか」

でも俺はその辺に言及せず、出来るだけ冷静にオーケーを出した。

＊＊＊

でも、結局は鉄丸の予言通りになった。

帰る頃には本当に日が暮れてしまっていたのだ。

「あれで大丈夫だよねえ？」

そして買って帰る道でも美乃莉はしきりに心配していた。そんなに気にするなら素直に最初に決めた通りの茶色のワンピースにすればよかった気もするのだが……それは鉄丸に何を言われるのかわからないので美乃莉としては絶対にあり得ない選択だったらしい。

「俺はいいと思う。鉄丸が何を言うかは知らないけど」

「うぅ、そこが大事なんだよぉ」

「気にしなければいいだろ」

「気になるよぉ。だって、容赦ないんだもん」

「……まあ、それはわかるけど」

とはいえ、一緒に行くだけで二人は付き合ってるわけじゃないんだから、鉄丸の好みに合わせてやる必要なんてないだろうとは思う。

「ヒロ君はあれでいいんだよね？」

「ああ、うん」

「鉄丸君が変なこと言おうとしたら、関係ないだろって言ってくれる？」

「……いいけど」

なんでそんなに卑屈になってるんだろうとは思う。鉄丸の言う通り大胆な水着を着ることにしたのに、文句を言われるかもと心配するなんてなんか変じゃないか？

「っていうかさ」

もっと堂々としてていいんじゃないかと俺は思うので、そのことを美乃莉に言ってやろうと考える。

「な、なに？」

「もっと自信持っていいんじゃないのか？　ああいう大胆な水着が似合うって鉄丸だって思ってないだろうし」

「……に、似合ってた？」

「うん。俺も意外だったくらいだから、鉄丸は驚くだろう、きっと」

「それも……ちょっと恥ずかしいかなあ」

美乃莉もなんだか複雑だなあと思う。じゃあどう思われたらいいと考えてるのだろう？

「そういえば、ちょっとひどかったかな」

でも美乃莉は全然別のことを考えていたみたいだった。

「……何が？」

「さっさと帰れって言っちゃったこと」

「ああ……どうだろうなあ。あいつ、けっこう狙ってたかもしれない」

「な、何を？」

美乃莉はびくっと驚いた様子を見せて、腕を胸の前で組んだ。そこまで驚くような場面なのか俺にはよくわからないのだが、とりあえず気にしないことにしよう。

「いや、ほら、今日はどうだったか知らないけどさ、ユキちゃんだよ」

「ユキちゃん？」

「昨日は学校行ってなかったんだろ？」

「……そうだったね」

「美乃莉はいなかったから知らないだろうけど、あいつ、昨日、ユキちゃんが心配だって言ってまっすぐ帰ったんだよ」

「そうなんだ。鉄丸君も優しいところがあるんだね」

「だから今日も口には出さなかったけど、心配してたんじゃないかって思うんだよな」

「……でもそう言って帰ると私たちが心配するってこと？」

「そうかもな。だから美乃莉に追い払わせる形にして帰った……のかもしれない」

まあ、俺自身、その可能性がそんなに高いとは思ってはいないが、一足先に帰った方がユキちゃんのためだったのは間違いなさそうだ。

「そうかあ。鉄丸君ってそういうとこあるよね」

美乃莉はその辺、俺よりはそのことを重く考えたようだ。

「そういうとこ？」

「うんと……なかなか本当のことを言わないところ？」

「……そうかな」

正直、あんまり心当たりはなかった。どっちかと言わなくても鉄丸は実に正直に物を言い過ぎてるという気がする。

「いや、うん、言い過ぎってくらい正直なところもあるんだけど」

そしてその辺は美乃莉も同意見だったらしい。

「だよなあ」

「でも、自分の話はあんまりしない気もする」

「……そうか？」

でもまあ言われてみるとそうかもしれない。美乃莉の水着に問題があることは指摘したが、じゃあ鉄丸がどういう水着が好みかというとよくわからない。今日の話だって、あくまで美乃莉がどういう水着を着るべきかという話だった……のか？　やっぱりそうでもない気がしてきた。

「まあ、誤解されやすいタイプかなあって気はする」

「……それはそうだろうなあ」

「私も正直言うと、なんでこんな人とヒロ君は仲良くしてるんだろうって思ってた」

「いや、別に大した理由じゃないぜ、その辺は。トコとユキちゃんが友達だったたってだけだろ、実際」

「……そうなのかな。それだけならそんなには仲良くする必要ないと思うけど」

「ま、それもそうか」

「なんだかんだ言っても、二人は気が合ってるんだよ」

「……だろうなあ」

どこがどうかと言われるとわからないが、そうでなければ今日だって一緒に帰ったりはしてなかっただろうと思う。

「あのさ……トコちゃんの名前が出たから思い切って言っちゃうけど」

そんな俺に美乃莉はトコの話をすることにしたらしい。

「ん？」

「なんかね、お母さんがね、トコちゃんを見かけた気がするって言ってたんだよね」

美乃莉はきっとそんなことはあり得ないという意味で言ったのだろうと思う。でも俺は思わず、聞き返してしまう。

「いつ？」

「今日の朝、トコちゃんが散歩してたって……」

「今朝ね」

それは俺が起きる前のことだろうか？　俺はそんなことを考えてしまう。

「ごめんね、変なこと言って」

でも美乃莉はそれとは違う意味にとったらしい。まあ、それは仕方ない。美乃莉はトコが生き返ったのを知らないのだから。

「え？　いや、別に気にしてないけど」

「お母さんもさ、本気で言ってるわけじゃないと思うから」

「そりゃそうだよなあ」

美乃莉の母さんはうちの母親とは違って常識人だ。たとえトコが生き返ったのをバッチり目撃しても、そんなはずはないと思ってくれるに違いない。

「ただ、やっぱり信じられないんだと思う。それは私もそうだからわかる。だって先週の今頃はまだトコちゃんは生きてたんだから」

「……そうだな」

でもトコは死んでしまった。今週の頭にトラックに轢かれたのだ。

「ごめんね」

「え？」

「一番、そう思ってるのはヒロ君の方だよね」

気づくと美乃莉は泣きそうな顔をして、こっちを見ていた。

「いや、どうかな……俺はけっこうトコが死んだのを納得出来てると思う」

でもそれは美乃莉が想像するようなレベルの話ではない。

トコが生き返ったという事実を認めるためには、まず死んだことを認めるしかなかった。

そういう話だ。

「……そうなんだ。そうだよね。ヒロ君の家族なんだものね」

そして予想通りというのか、美乃莉はそのことを深刻に受け止めてしまったみたいだった。

死んでないと思い続けるのは無理な状況が俺の家の中にあって、そのせいで俺はそう思うことを諦めてしまったとでも思ったのだろう。まあ、確かにトコが生き返ったというのはそうさせるには十分な理由だが、もちろんそういう意味ではない。

トコが家に本当にいない。そう美乃莉は思ってるのだ。

「そんな泣きそうな顔するなよ。こっちまで泣きたくなる」

俺と美乃莉の足が自然に止まった。横断歩道を渡る前に信号が赤になったのだ。見上げると、暮れ始めた空がなんだか曇り始めていた。そんな季節とも思えないが、夕立でも来るということなのか。そう思うとなんだか気分も重くなる。

「ごめんね。でもなんだか……上手く言えないんだけど」

必死に何かを伝えようとする美乃莉。でも俺は素直に受け止める気にはなれなかった。

「……だったら今は無理に言わなくていいよ。考えがまとまってからでいい」

「そうなんだけど……なんて言うのかな。なんか変なんだよ」

「……変？」

「私はヒロ君がもっと元気ないはずだって、今でも思ってる。でも目の前のヒロ君は元気で、私はそれが……悲しい気がしてる」

「そうか。でも無理してるとか、そういうわけじゃないんだぜ」

美乃莉が俺の態度がおかしいと思うのは無理もないだろうと思う。実際、トコが生き返ってなければ俺は美乃莉の言うとおり、もっと元気がないはずだ。そうじゃないから、それが見ていて辛いという美乃莉の気持ちはわかる気もする。

「……うん」

「まあ、心配してくれるのは嬉しいんだけどさ、そのせいで美乃莉が元気がないってのも俺としては困りものだなあ」

「……それはそうだよね」

そうこうしている間に信号が青になった。だから俺たちはどっちからというわけでもなく、また歩き始めた。

「でも本当、俺は別に無理してるわけじゃないからさ。少し変に感じるかもしれないけど、じきに収まるから、そんなに悲しむようなことじゃないと思うぞ」

「えっと……そういうことじゃないんだけど」

「まあ、トコが死んだからな。けっこうなことだよな。俺にとっても、美乃莉にとっても。だから仕方ないかもしれないけど、そんなに気遣われると、俺たちってこういう関係だったかなって思ったりはするな」

「ど、どういうこと？」

「もっと俺たちって自然な関係だった気がするんだよな。そりゃまあその日、その日を見ればそうじゃなかった時もあるだろうし、浮き沈みもあったと思う。でももっとさ、なんとなくで」

小さな頃からいつも美乃莉は側にいた。そのために努力したり、頑張った記憶もない。だから俺はそういう風に俺たちの関係を認識していた。

「……そうだね」

でも美乃莉はそれにはちょっと異論があるようだった。それとも単に何かを思い出しているのだろうか。少し苦しそうな顔を見せる。

「トコが死んだことは、美乃莉にもそれなりの事件だったから、いつも通り振る舞えっての難しいかもしれないけど、俺がして欲しいのは心配することじゃなく、今まで通りであるってことかなって思う」

「うん。それはわかってる」

美乃莉は今度は素直にうなずいて、俺の方を見る。

「きっと私が気にし過ぎてるんだよね？」

でもやっぱり美乃莉は真剣な顔つきのままだった。

「……まあ、俺も気にしてるんだけどね」

だから俺は極力、力の抜けた調子でそう答えた。

「そうだね」

そのせいなのか、美乃莉も小さく笑った。

「でもまあ、焦るよな」

だから俺ももう少し真剣なことを言おうと考える。

「何が？」

「今まで通りってことが、今まで通りにしてたらそうなるものってわけじゃないって気づいたってことなのかな」

「……それってトコちゃんのこと？」

「まあ、それもあるんだけど。美乃莉とのこともそうだよな。さっき言ったばかりで何言ってるんだって感じだけどさ、いつまでも今まで通りってわけにはいかないんだよな」

「そうだね」

「鉄丸ともさ、また明日って言って別れたけど、だからって明日、会えるとは限らないんだよな」

「……会えるとは思うけどね」

「うん。俺も本気では会えないとは思ってない。でもだから焦るんだよ。トコのことがあったのに、俺はどこか本気じゃないんだ。俺だって今日、死ぬかもしれない。明日、死ぬかもしれない。そのことがわかったはずなのに、少しも必死じゃない」

「必死じゃないといけないの？」

「いけないわけじゃないかもしれないけど……なんつうんだろ？　明日死ぬかもしれないのにさ、今日をやけにのんびり生きてるんだよな。死ぬ前にやっておきたいこととか思いつかない。だからそのことを考えないようにして、また明日とか平気で言ってしまう。そんな自分のままじゃダメなんだって思うんだけど、でもどうするんでもないんだよな」

そこまで口にしてから俺は何が言いたいのだろうと思ってしまう。美乃莉だって困るだろうと思って、改めて見ると、意外なことに美乃莉は静かに笑っていた。

「今、死んじゃったら後悔しそうだなってこと？」

「まあ、そういうことかな」

実際、そういうことなんだろうなと思う。

「私は明日死ぬってわかってたら、今日中にしたいことあるけどな」

「そうなのか」

俺は美乃莉の言葉に驚き、そして羨ましいと感じた。しかし美乃莉にそんな夢みたいなものがあるとは知らなかった。美乃莉も鉄丸と同じく自分のことは話さないタイプだったのか。

「と言っても、明日死ぬと思ってないから、出来ないんだけどね」

美乃莉はそう言ってはにかんだ笑みを浮かべる。かなり恥ずかしいセリフだったらしい。

「……それってしようと思えばすぐ出来ることなのか？」

「どうかな。まあ、するだけなら……すぐに出来るのかな」

美乃莉は俺から視線を逸らしたままそう答える。最後の方はかなり声が小さくて聞き取るのが難しかった。

「俺にもそういうの見つかるかな？」

だから俺はそれが何かなんて聞き出そうとは思わなかった。美乃莉にとってそれはすごく大事な秘密なのだろうことは容易に想像がついたからだ。

「見つけて欲しいな。私もその方が嬉しいし」

美乃莉の返事に俺もなんだか顔が赤くなるのを感じた。

「……ありがと、美乃莉」

だから俺はやはり極力、冷静にそう答えた。

そしてこれこそが「今まで通りのこと」なんだなと思いながら、俺たちは美乃莉の家の前で別れる。

「じゃあ、また明日な」

さっき自分でそれでいいのかと言った言葉を使って。

「うん。じゃあね、ヒロ君」

でも美乃莉はそれを今まで通り受け止め、今まで通りの返事をしてくれた。

＊＊＊

「遅いよ!!」

でも家に帰ると、今まで通りというわけにはいかなかった。頬をふぐのようにふくらませたトコに待ち伏せを受けてしまったのだ。

「……ごめん」

というかトコは死んでからやけに感情表現が豊かになった気がする。それとも生前は猫をかぶっていたということなのか？　なんだかこの状況でそんなことを思うのも変な気がするがそういうことらしいので仕方がない。

「何してたの？」

「美乃莉が水着を選んでたんだけど、全然決まらなくてさ」

嘘をついてもしょうがないので素直にそう答える。まあ、買い物に行くこと自体は昨日言っていたし。

「……お兄ちゃんのえっち」

なのに妙な方向で責められることになってしまった。

「なんでそうなるんだよ？」

「美乃莉さんが嫌がるようなえっちな水着を着るようにって言ってたんでしょ？」

「言ってない……はずだけど」

否定しようとして、途中でちょっと心配になった。俺はしてないが、鉄丸がそうしてたのが帰宅が遅れた原因と言えなくもない。

「やっぱり……」

「違う、違う！　俺じゃなくて、鉄丸だよ、鉄丸」

「ユキちゃんのお兄ちゃんがどうしたの？」

「美乃莉が最初に選んだ水着を、鉄丸がそんなのダメだって言ったんだ」

「お兄ちゃんは？」

「俺はそれでいいと思ったんだけど……途中で美乃莉もこれじゃダメだって言いだして……」

トコに説明するうちに、なんだか話がおかしいような気がしてきた。実際、そうだったのだが急に美乃莉が不機嫌になってそう言いだした理由が俺にはやはりわからない。

「それであれこれ選んでいるうちに遅くなっちゃったの?」

「そうだなあ。しかも鉄丸は途中で帰るし、これだけ付き合わされてジュース一つ奢ってもらえなかったってのはどうなんだ?」

トコにそんなことを言っても始まらないのだが、そう思わずにはいられない。

「うーん。お兄ちゃんはお兄ちゃんで大変だったのはわかるけど、私はお兄ちゃんを待ってたんだよ?」

「……そうだな。それは素直に謝る。ごめん」

「じゃあ、お詫びに私の頼み事を聞いてくれるよね?」

「ああ、そうだな」

俺はなんとなくそう答えてしまってから、自分がとんでもないことを言ったんじゃないかと気づいた。それでトコの顔を見ると、やけに嬉しそうに笑っていた。もしかしなくても俺は罠にはめられたんじゃないかと思う。

「聞いてくれるよね?」

でもそう言って確認されると、やはりさっきのはナシとは言えない。

「まあ、俺に出来ることならな」

「簡単に出来るよ。昔、お兄ちゃんがやってたことだから。それならいいでしょ?」

「その代わり、今日、帰りが遅くなったことはもう言うのなしだからな?」

トコがなんのことを言ってるのかはわからなかったが、昔やってたことなら問題はないだろうと思った。しかしそれは少し考えが甘かったかもしれない。

「じゃあ、一緒にお風呂入ろ」

それは確かに昔は普通にやっていたことかもしれないが、ちょっと待てと言いたい。

「……は？」

「今日からお風呂、一緒に入ろうって言ったの」

「なんかさりげなく増えてるぞ」

「ダメ？」

「……ダメなんじゃないのか？」

中学二年生の妹と一緒にお風呂に入るってのはどうなんだ、実際。そうも思ったが、よくよく考えてみると今のトコは小学四年生かその辺にしか見えない。それはつまり、一緒に風呂に入ってた頃と同じということで……って、俺はその頃から随分と年取ってるってのっ！

「お母さんはいいって言ってたよ」

「……母さんの言うことは参考にしないでいい」

「ダメなの？」

改めて確認されると、別に問題はないような気がした。トコはやましい気持ちで言ってるわけじゃあないのだ。昔のように一緒にお風呂に入りたいと無邪気に言ってるだけだ。

「まあ、いいか」

だから俺もあまり気にしないことにした。

＊＊＊

「目を開けるなよ」

「……うん」

そんな会話をしながら、トコの頭を洗っていると、本当に昔に戻ってしまったんじゃないかと思う。トコは小さな頃から頭を洗うのが苦手だった。一緒にお風呂に入らないようになる前にその弱点が克服できていたかというと、そういうわけではないらしく、一人で頭を洗うのは困難を極めていたということらしい。女の子としてはかなり致命的な弱点ではなかろうか。

「ひゃあ」

手桶いっぱいのお湯を頭からかけてやると、トコは歓声をあげた。そんなことではしゃいでいるトコは本当に子供のようだ。とても中学二年生には見えない。まあ、見えても困るが。

「じゃあ、次はお兄ちゃんの頭を洗ってあげるね」

そう言ってトコは空になった手桶を俺から受け取ると、そこにお湯をためて俺の頭にかける。それからシャンプーを手にとって、俺の頭を洗い始める。

「目を開けちゃダメだよ」

「……ああ」

さっきとは違って、今度は昔のことを思い出さなかった。俺の方が別に小さくなってないし目をつぶっていたからだろう。詳しくは今後の課題ということにしよう。あまり真面目に考えると色々と問題がある気がする。

「どこかかゆいところはありませんか？」

トコがそんなことを尋ねてくる。

「……なんだ、それは」

「床屋さんだよー。頭洗いながら聞いてくれるでしょ？」

「ああ、そうだなあ。でもとりあえずかゆいところはない」

「じゃあ、そのまま洗いますねー」

「はいはい」

トコはすっかり床屋さんのつもりらしい。こういうところはやはり子供っぽい。しかしそうなるとトコは中身も外見同様幼くなってるのだろうか？　でも最近の記憶がないという感じでもなかったし、それはないような気がする。

「お兄ちゃんの髪って硬いね」

俺がそんなことを考えている間に、トコはちゃくちゃくと俺の頭を泡だらけにしている。

「そうか？」

「私は細いからちょっとうらやましい」

「女の子は細くて柔らかい方がいいんじゃないのか？」

「うーん。でもお母さんは硬い髪質みたいだから」

「……そうなのか」

「私はお母さんに似てる方がいいなあ」

かわいそうな父さん。でもまあ、女の子が父親に似たいというのも変な気はする。

「お前が母さんみたいになるのは俺は勘弁願いたい」

「そう？」

「見ててわからないのか？」

「……わからない。だってお兄ちゃんとお母さんは仲いいよね？」

「俺はそう思ってないんだがなあ」

「そうなの？　でも私はお兄ちゃんにはお母さんみたいな人が合ってると思うよ。だから私はお母さんみたいになりたいの」

「……じゃあいいところだけ真似てくれ」

「うん。そうするね」

そしてトコはもう泡立てるのに飽きたらしく、俺の側を離れた。手桶にお湯を汲んできて、俺の頭にかける。

「ひゃあ」

気づくと俺もトコと同じように歓声をあげていた。その辺はやはり兄妹。似ているということなのだろう。

「じゃあ後は湯船につかって百数えようね」

頭を洗い終えたトコはそう言って、先に風呂につかる。

「……どこの小学生だ、お前は」

俺はそう言いながら、そういえば小学生みたいだったと思い出す。まあ、トコは俺と一緒に風呂に入ってた頃のつもりなのだろう。

「あはは」

でもトコは俺のそんなツッコミに笑う。その辺は自覚があってやっていたということか。

「……ちょっと狭いか？」

そして俺もトコに続いてお湯に入ったのだが、やはり手狭な感じだった。俺が小さな頃はそうでもなかったが、今の俺は同級生からオッサンとか言われるような体格なのだ。嫌でもトコの顔が側に来る。

「平気だよ」

でもトコは別に気にしてないらしい。

「平気か」

「うん、平気」

そんなことを言って笑うトコはかなり血行が良さそうだった。死んではいるけど、お湯につかると健康的に見える。

「……ん？」

トコの首のところに少し長い切り傷のようなものが浮かんでいた。

「どうしたの？」

それで俺が怪訝そうな顔をしたのだろう。トコが心配そうに尋ねてきた。

「いや、ここに何か切った痕みたいのが……触っていいか？」

でもトコには見えないらしい。だから俺はそこに優しく触れる。傷痕みたいだし、痛いかもしれないと思ったからだ。

「……うん」

でもトコは別段、触られてもどうも思わなかったようだ。とりあえず痛くないというのは何よりだ。

「平気なのか？」

「平気だけど……それって、こういうの？」

そう言ってトコは自分のお腹、おへその上辺りを指さす。確かにそこにも首にあるのと同じように傷痕が走っていた。

「うん。それが首のこの辺にもある」

「そうなんだ」

トコはちょっと悲しそうな顔をした。よく考えてみなくてもあまり喜ばしいことじゃあなかった。気になったのでつい指摘してしまったが、気づかない振りをしてやるべきだったかもしれないなんて今更思う。

「……ごめんね」

でもこのことで謝罪の言葉を口にしたのはトコの方だった。

「いや、謝るようなことじゃないだろ」

「変な話なんだけど、死んだ時の傷みたいなんだ。普段は見えないんだけど、お風呂に入ると浮かび上がっちゃうみたい」

「そうなのか」

火葬されて幼い姿で生き返ったというのに、死んだ時の傷が残ってるというのは確かに妙な話だなと思う。でもまあ、目の前の出来事は確かにそうであろうことを告げている。

「こういうの傷物って言うのかな？」

そしてトコはしょげた様子でそんなことを言い出した。

「いや……ちょっと違うと思うぞ」

それとも俺の知識が間違ってるんだろうかと思ったりもする。

傷物というのは確かに傷がついてる物のことで、本来は骨董品とかでそのせいで価値が著しく下がったもののことのはずだが、女の子で傷物となるとちょっと意味が違う。

「お兄ちゃんは傷物の女の子でも平気？」

「……いや、だからちょっと違うと思うぞ。ちなみに別にトコに傷があっても俺は平気だ」

「そうか、ちょっと安心した」

トコはそう言いながら本当に体中から力が抜けたという感じでぶくぶくとお湯に沈んだ。やっぱりかなり気にしてたんだろうな。お風呂に入ろうって話もこのことを俺に打ち明けるためのことだったのかもしれない。

「それで、お兄ちゃん？」

でもそんな深刻なことはトコは考えてないような気もした。気づくと無邪気な笑みでこっちを見ていた。

「なんだ？」

「ちょっと違うってどういうこと？　傷物ってこういう風に傷があるってことじゃないの？」

そしてそんなことを言いながら、傷のあるお腹を指さす。

「……まあ、そのなんだ」

しかしそんな風に聞かれても素直に答えるのはどうかと思う。

「なに？」

「大人になったら教えてやる——ということで勘弁してくれ」

だから俺はそれだけ答えると、この話題を切り上げた。トコは子供扱いされたということで、また頬をふくらませたが、まあ本当のことを言うよりはいいだろうと思う。

なにせ本当に大人の話なんだからしょうがない。

＊＊＊
「で、今日も一緒に寝るのか？」

風呂に入る前から予想の範囲ではあったが、さすがにそれはどうなんだろうなと思う。

一緒に風呂に入って、一緒に寝る。まあ、変な意味ではないのだが、他人に言ったら間違いなく誤解されるだろうという気がしてきた。

「うん」

でもトコは本当に無邪気だ。だから俺としてもあまり気にしないことにする。トコは俺の嫁さんになりたいらしいが、もしかしなくても俺が想像しているようなイメージではないのかもしれない。それこそ幼稚園児や小学生が考えているようなものの可能性もある。

「しかし母さんも冷たいよなあ」

そんなわけで俺とトコはベッドに座ってしばらく話をすることにした。まだ寝るにはちょっと早いし、トコもまだ話し足りないという顔をしていたからだ。

「そうかな？」

「そこでトコが疑問を返すのがわからないんだけどなあ」

「なんで？」

「だってトコの荷物、さっさと処分しちゃっただろ？　だから今だってこうしてトコは俺の部屋にいるし、ベッドもないから一緒に寝るんだろ？」

「その辺はむしろ感謝してるかな」

「……ああ、そうなのか」

まあ、トコとしては俺と一緒に寝れる方が嬉しいのか。そのための理由を母さんが作ってくれたと考えれば、なるほどという感じもする。

「でも、全部だぞ？　しかもトコが死んですぐに。お前の大切なものだって色々なくなっちゃったんじゃないのか？」

トコの部屋に何があったかなんて詳しくは知らないが、トコだって宝物の一つや二つ持ってたんじゃないかと思う。

「うーん。私にお兄ちゃん以外に大切なものなんてないよ」

でもトコの返答はかなり強烈だった。

「……そうか」

「いいんだよ。私、お兄ちゃんと結婚できるなら他に何もいらないって、そう思ってたし、今も思ってるから」

トコの言葉に俺はそうだったなと思い出す。俺はそのことをトコの日記で知ったのだ。あの願いを叶えてくれるというおまじないの日記に、確かにそう書いてあった。

「だから部屋が空っぽになっててもいいのか？」

「うん」

「だからお前のものを母さんがとっとと処分したけど平気なのか？」

「うん」

トコは迷いなくそう答えると、にっこりと笑った。

「そうなのか」

そんなに俺のことを好きでいてくれたとは知らなかった。いや、一応、日記を読んで知ってたはずなんだが、トコに改めて言われるとやはりびっくりする。

「でも、俺は嫌だなあ。俺が死んで三日でこの部屋のもの全部消えてたら泣く」

「そんなことにはならないよ」

「なんで？」

「お兄ちゃんはお母さんより長生きしないとだから」

「……母さんが処分しないという話じゃないのか」

「お母さんは……処分しちゃうと思うなあ」

その辺に関してはトコも認めているらしい。

「そうだよな。父さんの時もそうだったもんなあ」

あれは本当にショックだった。父さんと離婚したと思ったら、次の日に学校から帰ってきたら父さんの部屋はもちろん、他の部屋にあった父さんのものが全部なくなっていたのだ。あの時、うちの両親はもう仲直りすることはないのだと思い知らされた。

「でもね、お兄ちゃん？」

そしてトコも同じことでショックを受けたはずだが、俺とは違う感想を抱いたらしい。

「お母さんは弱い人なんだと思うんだ」

トコの言葉は意外過ぎて俺には到底受け入れられなかった。

「……は？」

「お母さんは別れがすごい苦手な人なんだと思う。だから私の荷物を処分したことで責めたりしないで欲しいんだ」

「……まあ、責めたりはしないけどさ」

しかしそれはどういう理屈なんだとは思ってしまう。

「清算っていうのかな。とにかく上手い具合に別れたってことをお母さんは整理できないんだと思う。だからね、全部、自分の手の届かないところに捨てちゃうしか出来ない。そういうことなんじゃないかなって私は思う」

「そうとは思えんが……」

それじゃまるでうちの母親が繊細な神経の持ち主みたいだ。そんなことはトコが生き返る以上にあり得ないと俺は断言できる。

「猫を飼いたいって私がわがまま言った時、あったでしょ？」

「ああ……もう四年くらい前かな」

「うん。その時もお母さんはすごい反対したし、結局、認めてくれなかったよね」

「そうだな」

そしてその時に限ったことではなく、うちではペットを飼ったことはない。犬猫とかそんな大げさなものに限らず、金魚だって飼ったことがないのだ。

「私、その時はそんなに猫が嫌いなのかなあって思ったんだけど、今はそうじゃなくて、逆にすごい好きなんじゃないかなって思うんだ」

「好きなら飼えばいいと思うけどなあ」

「でもすごい好きだから、別れが辛くなっちゃうんだよ」

トコはそう言って少し悲しそうに目を伏せた。だからだろう。俺はそのトコの言葉を否定することはできなかった。

「……そんなこと考えたこともなかった」

というか今でもやっぱり違うだろうという気もする。

「ま、本当のことはわからないんだけどね」

そしてトコは困ったなという感じの表情を浮かべて笑う。

「だよなあ」

「でも、そうじゃないとしたら、やっぱり悲しいよね。私のことなんとも思ってなかったから、平気で私の物を処分しちゃったってことになるじゃない」

「……そうだなあ」

「だから、そう思いたいだけかもしれない。お母さんは私のことを大切に思ってるから、荷物を処分しちゃったんだって」

「でもまあ、母さんがトコのことを大切に思ってるのは間違いないだろうなあ」

実際、俺と露骨に態度が違う。

「だから、お兄ちゃんはダメだよ？」

「何が？」

「お兄ちゃんは、お母さんより先に死んだらダメだよ」

「……そうだな」

トコの言葉に俺は理屈ではなく、それはそうだろうと思った。母さんにとって俺がどういう意味を持ってるかはわからない。ひょっとしたら面倒だと思ってるかもしれない。でも、そうだとしても俺は先に死んではいけない。俺だけは母さんより、ずっと長生きしなければいけない。それは確かなことだと思う。

「そろそろ寝る？」

そしてそんな深刻な話の後なのに、トコは実にあっさりと気分を入れ替えたみたいだった。にっこりと笑うと俺の答えを聞かずに、布団の中に潜り込んだ。

＊＊＊

でも二人ともすぐには眠れなかったらしい。

「お兄ちゃん、まだ起きてる？」

「……起きてるよ」

俺はずっと何か変だなと考えていた。トコに言われたことがその通りだと思いながら、他のところでひっかかっていたらしい。でもその理由がわからないのだ。

その頃には冷たいトコはすっかり暖まっていた。気づくと随分と時間が経っていたらしい。

「眠れないの？」

「そう言うトコはどうなんだ？」

まあお互い眠れないのだから、そういうことなんだろうなとは思う。

「ちょっとドキドキしてるかも」

でも俺とトコとはかなり理由が違うらしい。

「……なんで？」

トコは寝返りを打って俺の方を見る。顔が本当に目の前に現れたという感じだった。

「お兄ちゃんと寝てるから」

そしてそんな直球なことを言う。

「……そういうことを言うなら、明日からは母さんと寝ろよ」

「えー」

でも俺としては一緒にドキドキしてあげるわけにはいかない。あくまで小学生みたいなトコが無邪気に頼むからこうしているのだ。

「じゃあ……えっちする？」

なのにトコはそれを知ってるのか、わざと領域侵犯をしてきた。

「ダメです」

だから俺は毅然とした態度で臨む。まあ、少しドキッとしたので、それは悟られまいと思ったらそうするしかないのだ。

「したくないの？」

「そういうことは大人になってからです」

実際そうなのだ。母さんがどう言ったか知らないが、やはり中学生相手にそういうことはしてはいけない。というか今のトコは小学生にしか見えないのでなおのことダメだ。

「……じゃあ大人になったらいいの？」

でもトコにそう言われて、俺は言葉を失ってしまった。子供とか大人とかそれ以前に俺たちには別の問題があったのだ。

「そういえば、そうだ」

だから俺は一本取られたなという感じで力の抜けた返事をしてしまう。

「あはは」

でもトコはそれ以上踏み込んではこず、そんな俺の返事が面白かったのか笑い始めた。

「だったら早く大人になりたいな」

そしてそれだけ言うと、あっという間に寝てしまった。すやすやと。

「……おやすみ、トコ」

だから俺も寝ることにした。不覚にもドキドキしてたので、少し時間がかかったが。

4 美有希《みゆき》：俺の友達の妹

次の日。チャイムが鳴ったので玄関を開けてみると、鉄丸が立っていた。私服だと本当に性別が怪しい。まあ、服装が野球帽にパーカーという感じなのであまり女の子っぽいというわけではなかったのだが。

「おはよー、ヒロポン」

「……おはようっていうか、どうしたんだ、一体？」

プールに一緒に行くことにはなっていたが、鉄丸が迎えに来るとは思ってなかった。

「いや、ちょっと早く出かけるのも面白いかなって思って」

「というか鉄丸は俺の家、知ってたっけ？」

少なくとも来たことはなかったはずだ。

「まあ、その辺は知ってる人が一緒だから」

そう言って鉄丸がちょっと後ろを見た。どうやら鉄丸の後ろにもう一人いたらしく、そこからすっと顔を出して俺にお辞儀をしてきた。

「おはようございます……じゃなくて、初めましてですね。遠藤美有希《みゆき》です。いつも兄がお世話になってます」

今度は間違いなく女の子だった。黄色い上着に黒いひらひらのスカート。

「美有希？」

顔を上げたその娘は間違いなく鉄丸の血縁者だった。というか顔が同じで、鉄丸本人が隣にいなければ別人と気づかなかったかもしれないという感じだった。まあ、よく見ると髪も長いし、少し幼い感じだから違うとわかるのだが。

でも、それより何より俺が引っかかったのは彼女の名前だった。鉄丸はいつも妹のことをユキと呼んでいた気がする。確かトコもそうだったし、俺もユキちゃんと呼んでいた。

「はい。美有希……ですけど」

でも本当は美有希であったらしい。まあ、全然違うというわけじゃないが、美有希とユキなら、それくらいちゃんと呼べばいいんじゃないかと思う。それって美乃莉のことを、ノリって言うようなもんだろ？　まあノリと違ってユキなら可愛いからいいが。

「あ、ごめん。鉄丸からはユキちゃんって聞いてたから」

不思議そうな顔をしているユキちゃんに俺はそう説明する。

「そうなんですよね。みんな、私のことユキって呼ぶんですよ」

ユキちゃんは途中までは笑っていたが、言い終える頃には少し悲しそうな顔になっていた。それはきっとトコのことを思い出したからだろうなと思う。

「……じゃあ、俺もユキちゃんでいいかな？」

だから俺はそれに気づかなかった振りをして、そう尋ねた。そしてもう準備も済んでいたし、出かけることにした。

居間にはトコがいる。だからここでトコの話をするわけにはいかない。そう思ったのだ。家を離れてからは俺は意識して明るくあろうと思った。この中で一番、傷を負ってるのはユキちゃんだったからだ。

「しかし、なんだなあ」

俺はユキちゃんを見ながら、そう言って話題を切り出した。

「な、なんですか？」

それで不安そうにユキちゃんがこっちを見る。

「いや、想像はしてたけど、ユキちゃんは可愛い娘だなあって。格好もおしゃれだし」

実際、ユキちゃんのセンスは中学生とは思えないほど洗練されていた。黄色い上着なんて下手をすると無駄に目立ってしまうようなものを軽く着こなしている。しかもさりげなくスカートは黒くて、歩く度に揺れて、少し色っぽかったりもする。襟元もマフラーを軽く巻いてるが、これも防寒が目的ではなく、きっとコーディネイトの一環なのだろうなと思えた。

「でしょでしょ？」

そして俺はユキちゃんに話したつもりなのに、横から鉄丸が口をつっこんできた。

「なんでそこで鉄丸が反応するんだよ」

ちなみにユキちゃんは驚いて、顔を赤くしている。鉄丸の妹とは思えないその反応はちょっと新鮮な気がした。でも鉄丸がそんなことを思っている俺を許してはくれない。

「だって僕がこの服を選んだから」

なるほど、それは確かに自慢する場面かもしれない。でも俺としてはユキちゃんに元気になって欲しいと思ってるのだ。

「兄さんはひどいんです」

ユキちゃんはそう言いながらも笑っていた。

「ひどくないよ」

なのに鉄丸は反論する。

「ひどいんですよ。聞いてくださいよ、博史さん」

ユキちゃんは鉄丸の反論には耳を貸さない気らしい。というか博史さんて誰だ？　ああ、俺か。

「……うん？」

「私はこんな短いスカート恥ずかしいから嫌だって言うのに、絶対似合うから着ろって何度も何度も言うんです」

なるほど、それは確かにひどい。本人の意志を尊重するべきだ――そう俺は思ったが、口からは別の言葉が出ていた。

「いやまあ、実際、似合ってるしなあ」

「そ、そうですか？」

ユキちゃんは驚いた様子を見せて、それから自分の服を見直した。

「いいと思うよ」

それはもちろんユキちゃんに向けて言ったのだが、別の人間が得意げに反応する。

「でしょでしょ？」

「……だから、お前に言ってない」

「だから僕が選んだんだって」

「そりゃわかってるけど、俺はユキちゃんに似合ってると言ってるんだよ」

「でもそれって僕のセンスのおかげでしょ？」

「ユキちゃんが可愛いからだろ」

「それもそうだけどさ。ま、ミノリンとは素材が違うよね」

そこで美乃莉の名前を出すのはどうかと思う。そして俺も申し訳ないが、鉄丸の言葉を否定してあげられない。

「兄さんっ！」

でもユキちゃんはそういうことを言う鉄丸をたしなめる。鉄丸の妹なのに随分と気遣いの出来る常識人らしい。

「なに？」

「なにじゃないでしょ？　女の子のことをそういう風に言ったらダメなんだから」

「だって事実だし、ヒロポンだって否定しないよ？　ね、ヒロポン？」

「……え？」

　というか、そういうことを俺に確認するな。そう俺が思ってる間に、ユキちゃんがさらに鉄丸を責める。

「事実でもダメなんだからね」

「でもユキだって、ミノリンを見ればそう思うよ」

「思わないよ」

「思うよ。絶対、思う。ね、ヒロポン？」

　だからその話題を俺に振るな。でも、また俺が答える前にユキちゃんが口を開いた。

「そういうこと言うなら、私は帰るから」

「……帰るの？」

「帰る。兄さんが美乃莉さんに色々ひどいこと言うの見たくない」

「……わかったよ。別にひどいことなんか言ってないんだけどなあ」

「兄さん？」

「わかったよ。言わない。ひどいこと、言わないから」

　そして鉄丸も妹には弱いらしいとわかる。というか今日はユキちゃんを励ますための集まりなわけで、ユキちゃんに帰られたら元も子もない。そのくらいのことは鉄丸にもわかるのだろう。

「絶対だよ？」

「うん、絶対」

鉄丸はそう答えたが、俺はこの約束はあっさり反故にされるだろうと思った。鉄丸は今まで美乃莉に対して何かひどいことをしたなんて、少しも思っていないのだ。ユキちゃんが文句を言ったからそう言ってるだけで、絶対にその辺を理解してるはずがない。

「で、ヒロポン？」

「なんだよ？」

しかし鉄丸はもうユキちゃんが帰るのを止めたのでどうでもよいかのようだ。

「ミノリンの家はどこ？　この辺なんでしょ？」

「ああ……その角のところ」

そう言って俺が指さした時、ちょうど玄関の扉が開いて、美乃莉が出てきた。

「そうみたいだね」

鉄丸もそれに気づいたらしく、そんなことを呟く。その後、美乃莉は俺の家に迎えに来るつもりだったのか道路に出て、なぜか俺たちがすでに揃ってることに気づいて動きを止めることになった。

「おはよう、美乃莉」

「おはよう、ヒロ君。なんでもう鉄丸君がいるの？」

当然の疑問だろう。俺は今も不思議に思ってる。

「俺のところに迎えに来てくれた。あ、こっちは鉄丸の妹のユキちゃん」

二人で話し込んでも困るだろうと思い、美乃莉にユキちゃんを紹介する。

「あ、はじめまして。遠藤美有希です。兄がいつもお世話になってます」

「こちらこそ、はじめまして。室宗《むろむね》美乃莉です」

そして二人はお互いにぺこぺことお辞儀を始める。というか美乃莉、目の前の光景を見る限り、どっちが先輩で後輩かよくわからないぞ。

「あーあ」

そしてそんな様子を見てて、鉄丸がため息をついた。

「……どうした？　あんまり聞きたくないが聞いてやる」

なので俺は鉄丸に話しかける。

「いやあ、昨日あれだけ言ったのに、ミノリンはミノリンなんだなあって思って」

「なんだ、それ？」

言われて俺は美乃莉のことを観察する。といっても正直、見所がよくわからなかった。いつもの通りという感想しかない。

「あの服装はどう思う、ヒロポン？」

「どうって……いつも通りだけどなあ」

「だから、いつも通りじゃダメでしょ？」

「そうなのか？」

まあ、確かにユキちゃんの側に立ってると絶望的なくらいに地味に見える。茶色の上着に、足首まで隠さんばかりのデニム地のスカート。突風が吹いても膝が見えそうにないというのは、ユキちゃんのひらひらしたスカートと比べてしまうといかにも魅力に欠ける。

「……何？」

美乃莉がそんな男二人の空気を察したのか、怒りの視線を投げてきた。

「ミノリンが想像通りに期待に応えてくれなかったのでしょんぼりしてたところ」

それに鉄丸はさっきのユキちゃんとの約束はどこへやらで答えてしまう。

「おいおい」

だから俺は慌てて止めようとするが、そんなんで止まる鉄丸ではなかった。

「せっかくなんだから、もう少しなんかないの？」

「……なんかって？」

そして見る間に美乃莉は不機嫌になっていく。

「すごい短いスカート穿いてきて、『ちょっと短かったかな、これ？』って聞くとか」

「……聞かない」

「聞いてよ」

「聞けば喜ぶわけ、鉄丸君は？」

「いや、喜ばないけど」

「だったら聞かなくてもいいでしょ？」

「まあ、そうなんだけどさあ」

鉄丸は何が不満なのかそう言って俺の方を見る。この状況で助けろと言われても、俺は助けたくないし、助けないぞ。

「兄さん？」

そしてそんな三人の沈黙に声をあげたのはユキちゃんだった。

「なに？」

「ひどいこと言わないって言ったでしょ？」

「言ってないよ。それにこれはミノリンが悪いんだよ。ね、ヒロポン？」

「……なんで、そこで俺に聞くんだ？」というか美乃莉が一体何をしたというのだ。少なくとも人に責められるようなことをしてるようには俺には見えないのだが。

「そういえば水着は結局、どうなったの？」

なのに鉄丸は俺の疑問には答えず、さらに質問をしてきた。本当にマイペースな奴だ。

「まあ、デザイン的にはお前が帰る前に選んだのに落ち着いた」

サイズが合わなかったので別のにはしたが、そこまで言う必要はないだろう。

「……そっか。じゃあいいや」

そしてなぜかそれで鉄丸は納得してしまった。

「何がいいんだ？」

論点はそこだったのか？　――と俺は思うが、そうだったらしい。

「でもミノリンにはちょっとお説教をした方がいいかな」

「やめておけよ。ユキちゃんも怒るぞ」

「大丈夫だよ。ミノリンのためなんだから」

この流れでどうしてそんな言葉が出てくるのか、俺にはわからない。

「何を言うつもりだ、お前は？」

「ヒロポンには内緒。というわけだから、ヒロポンはユキと話してて」

そう言うと鉄丸は返事を待たず、俺をユキちゃんの方へ軽く押した。おいおい。

「……怒らせるなよな」

だから俺はそれだけ鉄丸に釘を刺した。

「わかってる。わかってる」

でも鉄丸はあまり真剣には取り合わなかった。まあ、いつものことだが。

「すみません、変な兄で」

そしてユキちゃんはそんな兄のことをちゃんと理解してるらしい。

「いやまあ、知ってて付き合ってるから俺は平気なんだけどね」

でも美乃莉はどうなんだろうと思う。昨日、俺が鉄丸と仲良くするのを不審に思ってたみたいなことを言ってたし。

「その悪い人じゃないんです、ただ、ちょっと強引なだけで……」

「その辺りもわかってる。その上で付き合ってるから、ユキちゃんが謝る必要はないよ」

「それならいいんですけど」

そうは言いながらユキちゃんは実に申し訳なさそうだ。こういう他人への配慮が鉄丸にももうちょっとだけあれば、もう少しオススメの友達という感じになるんだがなあ。

「今日のこともあいつの発案だしな。俺は別に平気だって言ったんだけど、みんなで遊びに行く方がいいってさ。そういえば、ユキちゃんも無理矢理連れて来られたの？」

「……ですね」

ユキちゃんは言いにくそうにそう告げると、少し笑ったみたいだった。

「だろうね」

だから俺も笑ってしまった。その時の光景が目に浮かぶようだ。

「博史さんが来るからって、私も来るようにって」

「……なんだ、それ？」

俺とユキちゃんにどういう関係があるんだ？　そう思ったがすぐにわかった。トコのことだ。トコが死んで悲しんでる者同士ということじゃないか。

「トコちゃんのことだと思いますけど」

でも気づくのが遅かった。ユキちゃんはまた悲しげな表情を浮かべる。

「……それはそうか」

でも悲しんでる者同士を集めてどうするつもりなんだろうか？　こうやって気まずい空気が流れるだけでいいことなんてなさそうだが。というか、こういうのはそうさせた張本人がフォローするんじゃないのか？

「博史さんは学校に行ってるんですよね？」

「ああ、うん。木曜日から復帰した」

「私は結局、昨日も休んじゃいました」

「……そうなんだ。でも週明けはもう終業式だよね？」

「そうなんですよね。終業式は出ないとなんだろうなあとは思ってるんですけど」

ユキちゃんの言葉を聞きながら、どうもまずい方向に話を振ってしまったと気づいた。なんだかどんどん空気が重くなってる気がする。

「行った方がいいと思うよ」

でももう引っ込みがつかない。それとなく話を逸らすのもできそうにない。

「わかってるんですけど。行ったら、トコちゃんが死んだってこと、認めることになりそうで、それが怖いんです」

「……そうだね」

俺はそう言いながら、ユキちゃんには本当のことを言った方がいいんじゃないかと思ってしまった。二人がどれだけ仲良かったかは知らないが、これだけトコのことで悩んでる以上、ただのクラスメイトということはないだろう。

なら、トコが生き返ったことを知る権利だって……とも思ったが、そういう人間にこそ言ってはいけないんじゃないかという気もした。今朝、うっかりトコが見つかってしまったら、その時に話せただろうに。そう思うととっとと家を出てしまったことが悔やまれる。

「博史さんはもう納得できたんですか？」

「ああ、うん。家のことだからね。そうそう誤魔化し続けられるものじゃないよ」

だからやはりトコが生き返ったことは黙っておこうと思い直す。今は騙すみたいで申し訳ないが、出会う機会もあるかもしれない。その時までは待った方がいいのだろう。

「そうですよね。普通に毎日、顔を合わすものですよね、家族なら」

でもユキちゃんはどんどん暗くなっていく。それを感じて俺はやっぱりこれではいけないなと思い直す。

「まあ、そのなんだ」

「はい？」

「忘れられちゃうのも悲しいけどさ、そんな風にユキちゃんが暗い顔をしてるの、トコは望んでないと思うよ」

「……そうですね。トコちゃんは明るい娘だったから」

「だからさ、とりあえず今は明るい顔をしようよ。ま、俺なんか相手じゃ楽しくないかもしれないけど」

「そ、そそ、そんなことないですよ。博史さんは兄さんと違って大人だし、優しいし」

「……そうかな？」

まあ、鉄丸とはかなりタイプが違うだろうことは想像に難くないが、それがそういう評価につながるってのはピンと来ない。

「博史さんのことはトコちゃんから色々聞いてたんですけど、想像通りの人で安心してます。話してても安心します」

「なら、いいんだけど」

というかどんなこと聞いてたんだろうなと心配にはなる。

「もう知ってると思いますけど、トコちゃんは博史さんのこと、好きだったんですよ？」

「……うん」

知ってるというか昨日も本人に言われたのだが、それは言えないので黙っておく。

「こうして話してみて、私もその気持ちがわかる気がしました」

ユキちゃんの物言いはなんだか告白みたいな気がした。でもまあ、こんな可愛い娘が俺のことを好きになるとは思えないし、きっと深い意味はないのだろう。

「だといいんだけどね」

だから俺は照れ隠しに笑うと、そんなことを呟いた。そして鉄丸と美乃莉の方を見る。

詳しくはわからないが、美乃莉がしょげているようにしか見えなかった。まあ、予想通りといえば予想通りなんだが、放っておくわけにもいくまいと思う。

「もう少し博史さんと話してたいんですけど……」

「え？」

「兄さんたちと合流した方が良さそうですね」

そしてユキちゃんも同じことを思ったらしい。

＊＊＊

そんなわけで連れだってプールに行くことになった俺たちだったが、俺は今一人だった。

「遅いなあ」

俺だけが着替えを終えて脱衣所の前で待っている。女の子は何かいろいろと準備があるんだろうけど、鉄丸の奴は着替える前にトイレに行くと言ったきり戻ってこなかった。

「まあ、こういうところのトイレってのは混んでるものだしなあ」

そんなことを思っていると、脱衣所の出口から鉄丸が顔を覗かせた。

「お待たせ」

「待たせすぎ」

すかさずツッコむ。

「でもまあ、ユキたちもまだなんでしょ？」

「そりゃそうだ」

「じゃあ、いいじゃない」

そして改めて近づいてきた鉄丸を見る。これからプールに入ろうって話なのに、上にパーカーを羽織ったままだ。

「お前、泳ぐ気ないだろ？」

「あれ、わかっちゃった？」

「いや、わかりたくなかったけど、上着着てたらそうかなあくらいは推測できる」

「そうかあ」

「でも、泳げよ。お前が誘ったんだろ、ここに」

「えー。僕はプールには誘ったけど、泳ぐことは想定してなかったんだけどな」

「……じゃあ何しに来たんだよ？」

「目の保養？」

鉄丸はまさかそうは言わないだろうという答えを返してきた。

「そうか」

だから俺はもうそれ以上追及しないことにして、別の話題を振る。

「しかし、なんだな、鉄丸」

「なに？」

「ユキちゃんを見たせいかなあ、お前がそうやってると女の子に見える」

「うん、よく言われる。ユキと歩いてると、そこの二人ってナンパされたりするよ」

「……そうか。まあ、そうかもなあ」

実際、遠目に二人を見たら姉妹だろうと思うかもしれないなあと思う。まあ、そんな想いも鉄丸が口を開けば萎えてしまうことだろうが。

「そういう時はね、しばらく女の子の振りをすると面白いんだよ」

「おいおい」

「やっぱりちやほやされるのって楽しいよー」

「そうかもしれないけど、野郎たちがかわいそうだろう」

「そうかなあ。向こうもまんざらじゃなさそうだけどなあ」

「そりゃお前を女の子と思ってるからだろ？」

「でもさあ、一緒にご飯食べるくらいならどっちでも問題ないでしょ」

「まあ、それで騙されたまま、楽しい時間を過ごせるなら悪くないかもなあ」

「でしょでしょ？」

「でも、俺は嫌だ」

「それはヒロポンが僕が男だって知ってるからだよ」

「そうかもなあ。でもあんまり調子に乗ってるとおかしなことになるぞ」

「おかしなことって？」

「酔わされて連れ込まれたりとか」

「……そうなっても大丈夫だと思うけどなあ。本当は男なんだし」

「それもそうか」

「でも、これだけ可愛ければどっちでもいいとか思われちゃうとやばいよね？」

「……その想定も相当なもんだな」

でも世の中にはそういう人間もいないとも限らない。

「ヒロポンはどう？」

「……何が？」

「お互い酔っぱらってホテルとか入っちゃったら、そのまま突入する？」

「……その仮定がすでにおかしいだろ」

「えー。僕はもうその覚悟できてるのに」

鉄丸はそんなことを言ってなぜか胸を隠すように腕を組む。というか冗談でもそこで顔を赤らめるな。

「そんな覚悟しないでいいっ！」

「えー。そんなこと言ってて、後で『……やっぱり今、あの時の覚悟してくれ』とか言うのナシだよ？」

「言わねえよ！　絶対言わないから心配するな！」

言うわけがない。一体、何を鉄丸は言わせたいんだ。

「……兄さん」

そして気づくとユキちゃんたちも着替えを済ませていたらしい。俺は鉄丸との会話を聞かれてたんじゃないかとちょっと動揺した。

「き、聞いてました？」

そのせいかなんだか丁寧な口調になってしまった。

「聞いてはいなかったんですけど、遠目にも兄さんが変なことを言ってたんだろうなあくらいのことはわかりました」

「……まあ、いつものことだけどね」

さすがに普段からこんな会話はしてないが、そういうことにしておく。

「もう鉄丸君はどこでもそんな感じだよねえ」

そして落ち着いた俺の心に、今度は美乃莉の声が届いた。それで俺はユキちゃんと美乃莉の方を見る。

ユキちゃんは目にもまぶしい黄緑色のワンピースだった。まあ、露出度とかは大したことないが、彼女らしい可憐なデザインという感じだ。

「……だよな」

問題は美乃莉の方だ。昨日、デパートの試着室のところで見たはずだったが、改めて見るとやはり美乃莉の胸はかなりのものだった。普段は全然わからないのは何か小さく見せる女の子だけの秘密の技術でもあるんじゃないかと疑わせる。

「なに？」

美乃莉が右手で自分の顔に触れた。何かついているとでも思ったのだろう。まあ、確かについているので驚いたのは事実だが。

「なんで眼鏡かけてるんだ？」

それで美乃莉の顔を見て、そのことに俺は気づく。いつもの通り、これみよがしのぶっといフレームの眼鏡を美乃莉はかけたままだった。

「だってこれないと全然見えないし」

「……で、それかけたまま泳ぐわけか？」

「どうしよう？」

「いや、あの、ここまで来てそういう初歩的な質問をされてもな」

美乃莉もそうだが、鉄丸といい、もしかしてプールとは泳ぎに来るところじゃないのだろうか？　俺の認識が間違ってるのか？

「美乃莉さんは泳がないんですか？」

とりあえずユキちゃんだけは俺の味方らしいのでホッとする。

「泳ぎたくはあるんだけど、眼鏡がないと見えないし、眼鏡を濡らすわけにもいかないし」

「じゃあ……とりあえず博史さんに持っててもらうとか」

「お、俺か？」

というか泳ぐ気ない奴が一人いるんだから、そいつに任せればいいじゃないかと思う。

「ダメですか？」

でも、そいつに任せると無事では済まないかもしれないので考え直す。

「じゃあ俺が持ってるから、とりあえず二人で行って来たらいいよ」

「はい。すみませんけど、兄さんの世話もよろしくお願いします」

ユキちゃんはそう言うと小さく頭を下げる。

「うむ」

「じゃあ、これ」

　そう言って美乃莉は眼鏡を外すと俺に渡した。それで俺は久しぶりに美乃莉が眼鏡をかけてない顔を見た訳なんだが……残念ながら眼鏡を外しても美少女だったりはしなかった。

「いやあ、あれは武器になるね」

　眼鏡をいじりながら、二人が帰ってくるのを待っている俺に鉄丸がそんなことを言い始めた。鉄丸は早くも焼きそばを買って食べている。本当に泳ぐ気はないらしい。

「って何が？」

　もちろんそんな脈絡のない話に俺がついていけるわけもない。聞き直す。

「何がって見なかったの？」

　鉄丸はそう言ってもうわかってるくせにと視線を投げる。だからわからないから聞いてるんだろうが。

「……だから何が？」

「本当にわからないの？」

「わからないと言ってるだろ」

「じゃあ、ヒント1。ミノリン」

　なんとなくわかってしまった。でも俺はそれを認めない。

「だから何の話だよ」

「今、わかったよね？　ね？　ヒロポン、もう理解したよね？」

でも鉄丸は鋭く俺の思考を読んでくる。こういう時だけ察しのいい奴だ。

「いくつか候補が浮かんだだけだ」

「じゃあ、その一番目のが正解だと思うよ」

「そうか」

実を言うと一つしか浮かんでないので、きっと正解なのだろう。ちくしょう。

「念のために正解を言うと、ミノリンの胸です」

「……ふぅ」

明るく元気にそんなことを言われると、俺としてはため息をつくしかない。

「嬉しくないの？」

「別に」

「そうなんだ。そうかあ、ヒロポンはそういう人だったんだね」

「……どういう人だと認識したのか聞いていいか？」

「そんな残酷なことを僕に言わせるつもりなの？」

「……一応、お前の考えは間違いだと否定しておく」

「それは他の人に言われたくないからって意味でいいんだよね？」

「意味わからないから、お前の話は」

まあ、何を思ったのかは大体わかる。しかし確かに少しは驚いたとはいえ、いくら大きいとはいえ美乃莉の胸だぞ。それが武器になるとかならないとか言われても困る。

「……もしかしてミノリンよりは僕の方が好み？」

でもなんか別のことを考えていたらしい。

「なんだそりゃ？」

「胸の大きさの話だよ」

「なんでお前の胸と、美乃莉の胸を比べないといけないんだ？　お前とだったら俺とでも同じだろうが」

「そんなことないよ。ヒロポンと僕とじゃ全然違うよ」

「まあ、そうかもしれんが」

でもどっちも何にもない男の胸だろうが。

「……見る？」

そして鉄丸はパーカーの前をつまんで引っ張った。

「見たくない」

「……まあそれはそうか」

鉄丸はそう言って笑うと、つまんでた指を離す。

「でも、ヒロポンもちょっと心配だよね？」

そしてさらりと次の話題に移る。

「俺はお前の胸の将来なんか心配してやらんぞ」

「そうじゃなくて、ミノリンだよ」

「……まあ、全然見えないみたいだしなあ」

「その辺はユキがいるから平気だろうけど、でもユキがいるから心配っていうのかなあ」

「なんなんだ、それは？」

「ナンパされちゃうかもって話」

「……ナンパねえ」

まあ確かにユキちゃんと一緒にいれば声をかけようという気になる奴もいるかもしれない。女の子二人で、片方がああいう大胆な水着となると男としては興味をそそられる……のか？

「まあ、ユキはそういうのあしらうの上手いから大丈夫だけど」

「じゃあ問題ないんじゃないのか？」

「でも心配じゃないの？」

「……心配なのか？」

俺はその疑問を声に出して、自分に尋ねてみる。とはいえ、ちょっと想像できない。

「心配じゃないの？」

「そういう心配をしたことがないからなあ」

「まあ、ヒロポンもあの胸のことは昨日知ったみたいだしねえ」

「……そこなのか、争点は？」

「大事なことだよ。普段は地味でぱっとしないのに脱いだらすごいとなったら口説こうって人が現れないとも限らない」

「そうかなあ……」

　美乃莉の胸が少しくらい増量したくらいで、そんなに評価が変わるものだろうか？　どうもその辺は俺にはよくわからない。

「ユキだったら別にどっちでもいいよね。どっちにしろ口説けるものなら口説きたいって感じでしょ？」

「……俺はそういう気にはならないが」

「ヒロポンがマニアックな趣味なのはわかってる」

「そうじゃなくて、お前の妹だからだよ」

「そうかなあ。それだけじゃないと思うなあ」

「思うな」

「じゃあ、まあ話戻すけど、一般論として、ユキだったらどっちにしろ口説きたいって思うでしょ？　実際には無理なんだけどさ」

「で、そうだとしてなんなんだ？」

「でもミノリンの場合はとりあえず口説きたいって感じじゃないよね？」

「……そうだな」

　そういうことを言うと美乃莉には申し訳ないが、話を進めるための一般論的な回答ということで許してもらおう。

「でもそれが一緒にプールに来たら、どどーんと来るわけですよ」

「どどーんとねえ」

何がどどーんとなのかは、まあ言わなくてもわかる。

「そうなると、あれ？　いいんじゃないかな？　とか思っちゃう人いると思うんだよね。しかもこう自分だけがそれ知っちゃったぞみたいになると特に」

確かにユキちゃんに告白してもライバルが多そうだが、美乃莉ならそういうことはないだろう。しかも自分だけが知ってる彼女の良さに気づいたみたいな気分は確かに思い切った行動に出る切っ掛けにはなるような気がする。しかしその良さってのが、実は胸が大きいってのはどうなんだ……。

「まあ、でも関係ないか、ヒロポンには」

そして自分で振ってきたくせに、鉄丸はそう結論づけたようだった。だったら最初から話をするなという気がしてしまう。

「……本当、何が言いたいんだ、お前は」

「だから別にヒロポンはミノリンを口説く必要なんてないよねって話だよ」

「そりゃそうだ」

「別に口説かなくてもこうしてプールに一緒に来て、あんな水着着てもらえるわけだし」

「……そのどっちもお前が言ったことだと思うんだけどどな」

そして実際、そうだったはずだ。

「でもねえ、他の人たちはそうはいかないんだよ？　わかってる？」

しかし鉄丸は俺のつっこみはあっさり過ぎるほどにスルーした。

「……かもな」

「僕ね、告白しようと思ってるんだ」

そしていきなりそんなことを言い出し始めた。

「美乃莉にか？」

「まさか！」

「だよなあ……」

もしそうだったら色々と俺も困る。何が困るのかよくわからないが、それは間違いない。

「三軒道さんだよ。知ってるでしょ、クラスメイトだし」

「……まあ、知ってるけど。って、最近、その名前聞いたな」

「うん。思い切ってミノリンに誘ってもらおうと思ったんだけど断られちゃったよ」

「そういうつもりで言ってたのか」

限りなく冗談にしか聞こえなかったのでどうとも思ってなかったが、鉄丸からすればかなり勇気を見せた行動だったのだろうか。

「……ちょっと真剣味が足りなかったかな」

「いきなりあの場で真剣になられても困るけどなあ」

「それもそうだけどね」

鉄丸は珍しく物憂げな表情を浮かべて、小さくため息をついた。こういう顔をしていると、やはりユキちゃんに似てるなと感じる。

「それでさっきの話は本当なのか？」

「さっきのって告白するってこと？」

「そうそう」

「うん。終業式の後に思い切ってしてみようかなって思ってるんだ」

「そうか。まあ何もしてやれないけど、頑張れ」

「うわ、完全にひとごとだよ、ヒロポンは」

「しょうがないだろ、俺、三軒道さんとはろくに話したことないし」

「……わかってるよ。でもね、僕だってそうなの」

「仲良くないのか？」

「よくわかんない。あんまり脈ありって感じでもないなあ」

「だったらやめておいた方がいいんじゃないのか？」

というか俺ならそうするだろう、きっと。

「僕もそう思わないでもないけど、このままじゃクラスメイトですらなくなるかもしれないんだよね。そう思うとね、もう最後のチャンスかもって」

でも鉄丸はかなり真剣に考えての結論のようだった。

「それなりに仲良ければ、去年、同じクラスだったよねでも通じるかもしれないけどそうじゃなかったら、普通に他人になっちゃうよね」

「そうだな」

「だから、まあ玉砕覚悟でつっこんでみようかなあって。ほら、断られても、もう春休みだから顔合わせずに済むし、クラスも変わっちゃったら、すぐ忘れちゃうよね」

「……そうだな」

その忘れるというのは、きっと三軒道さんの方の話なのだろうなと思う。要するに鉄丸に告白されたことなんてさっさと忘れてしまうだろう。そういう話だ。それは俺が想像するだけでも辛いことのような気がするが、鉄丸はそれを半ば覚悟してるということか。女みたいな顔はしてるが、意外に男らしいところもあるんだなと俺は思わずにはいられない。

「ないとは思うけど、向こうも僕のこと好きで、でも言えずに諦めちゃったなんて話、同窓会で聞かされたくないしね」

鉄丸は乾いた笑みを浮かべる。それはきっとここが笑うところだという意思表示なのだと思う。だから俺も笑った。

「ねえだろ、それは」

そして憎まれ口を叩いてみせる。

「ないとは思うんだけど、そんなことになったらめちゃくちゃ後悔するよ」

「だろうな」

「そんな先の話じゃなくてもさ、何かの機会にそうだって知るかもしれないし。でもその頃は他に好きな人とかいてさ、僕も諦めてたりしてさ。そういうのって嫌だなって思うんだ」

「……ま、頑張れ。俺にはそれしか言えないけど」

そして本当に情けないが、それが俺の精一杯だった。もう少し早く鉄丸がこんなことを考えていると気づいていれば、何かしてやれたかもしれないけど、俺には無理だった。

「ま、頑張るよ」

鉄丸はそんな俺を責めることもなく、今度は少し心のこもった笑みを浮かべた。

「うまく行ったら、また一緒にプールに来るか？」

「えー。うまく行ったら、二人きりで来るに決まってるよ」

「……そりゃそうか」

俺は間抜けな自分の発言に笑ってしまうが、まあそんなものだろうと思う。

「兄さん、また馬鹿なこと言ってるの？」

そして気づくとユキちゃんたちが戻ってきていた。さっきとは別の意味であまり聞かれたくない話だったと思うとドキドキした。

「聞こえてた？」

「いえ。でも遠目でも兄さんが馬鹿なことを言ってるんだろうってことは」

「……なるほど」

鉄丸の名誉のためにもそういうことにしておこう。それはそれで変な気もするが、本当のことを言うわけにはいくまい。

「そういうことなので、私は兄さんにお説教してますから、今度は博史さんどうぞ」

ユキちゃんはそんな俺の言葉を疑うことなく、まっすぐ手を伸ばしてきた。俺はその意味を少し考えてしまう。

「あ、眼鏡か」

気づいて俺は立ち上がって、それをユキちゃんに渡す。美乃莉の眼鏡なのにユキちゃんに渡すというのも変な気がするが……まあそうするのがいいだろう。

「はい。私が責任もって見守ってますから」

ユキちゃんはそれを受け取るとさっきまで俺のいたところに座った。まあ普通に鉄丸の隣とも言うが。

「それにしても、さあ」

そして黙っていればいいのに、鉄丸が口を開く。

「なに？」

しかもどうやら標的は美乃莉らしい。嫌な予感がした。

「濡れてるミノリンってかなりえろいね」

そしてすぐにそれは的中した。結果、鉄丸は宙に舞った。

「…………」

一瞬の出来事だった。美乃莉の足が鉄丸のあごを捕らえたかと思うとそのまま蹴り上げたのだ。

俺は少しそれを美しいと見惚《みと》れてしまったかもしれない。まっすぐ伸びた美乃莉の蹴り足。そして綺麗に放物線を描いて飛んでいく鉄丸。これが映画だったら素直に喜べたのだが、残念ながら目の前で起こった現実だった。

「……美乃莉？」

キレると加減ができないというのは知っていたが、ここまで見事な蹴りを入れる美乃莉を見るのは初めてだった。いや、基本的に俺に暴力が向けられていたから、それを端から見る機会がなかっただけかもしれない。

「兄さん!?」

そしてユキちゃんも少し遅れて、兄の惨状に気づいた。

「……ひどいなあ」

でも鉄丸は自力で立ち上がったので派手だっただけで、大したダメージではなかったらしい。とりあえず一安心。

「ひどくないっ」

そしてそんなだから美乃莉も謝ったりはしなかった。

「ひどいよ。ヒロポンだってそう思うでしょ？」

「……いや、思わない」

そして本当になんともなさそうなので、俺も美乃莉に味方することにする。

「ひどいのは兄さんの方です」

そしてユキちゃんもそっち側だったらしい。

「えー。えろいって褒め言葉だよ？」

まあそうかもしれんが、時と場所と、ついでに相手を選ぶべきだろうとは思う。

「兄さん？　言ったよね？　美乃莉さんにひどいこと言わないって」

「……だから褒め言葉だよ。普段はぱっとしないミノリンが今は輝いてるって言うのもダメなの？」

なぜそれを人に聞かないとわからないのか、俺には理解に苦しむ。

「またひどいこと言った」

でもそれ以前にユキちゃんには追及するべきところがあったらしい。

「……だって事実だし」

しかし鉄丸としてもその辺は譲りがたい部分だったらしい。食い下がる。

「帰るよ？」

でもその一言には勝てなかったようだ。結果だけ見ると優しいお兄さんと言えなくもないが……やはり優しくはないと思う。

「……ごめんね」

明らかに納得いってないという顔で鉄丸が美乃莉の方に謝る。お前は小学生かと思うが、ここはやはり黙っておいた方がいいのだろう。

「こっちもごめんね。いきなり蹴っちゃって」

それで美乃莉が素直に謝った。

「大丈夫。ちゃんと避《よ》けたから平気だよ」

それに鉄丸がそんな返事をするのだが……避けてたというのか、あれを？

「じゃあいいけど」

でもまあ美乃莉をこれ以上、追及しないための気遣いなんだろう、多分。

「でもまあ、念のために診てもらった方がいいかもな」

俺はそんなやり取りを見守っていたが、そう言って切り上げることにする。

「そうですね。じゃあ兄さんは私が保健室に連れていきますから、博史さんたちは泳いでてください」

そしてユキちゃんがそう言って賛同してくれた。

「じゃあ、よろしく。適当に泳いだらここに戻ってくるから」

だから俺は美乃莉と二人、プールの方へと向かう。

「はい。こっちも終わったらここに戻ってきます」

ユキちゃんはそんな俺たちとは逆方向に愚図る兄を連れていった。

「……大丈夫だよね？」

少し歩いたところで、美乃莉がそう聞いてきた。

「鉄丸のことか？」

「うん。思わず蹴っちゃったけど」

思わずで蹴るのはどうかと思う。それ自体は大丈夫じゃないだろ、実際。

「あいつはああ見えて頑丈そうだし平気だろ」

でも美乃莉が心配してるしそういうことにしておく。まあ、本当に平気だろうとも思うし。

「でも、ひどいよね」

「ああ、ちょっとなあ」

まあ、普段もそれなりにひどいが、あそこまでのことを言うのはなかなかないと思う。だからまああもの見事に蹴られることになったわけだが。

「……ヒロ君もそう思う？」

「え？」

俺は思わず身構えてしまった。答える前に構えてもしょうがないのだが、きっと理屈ではなく危険を察知したのだろう。

「ヒロ君もそう思うのって聞いたんだけど」

そして美乃莉は立ち止まる。そして俯く。なんだか小さく震えてる気がする。それを見た俺の体が、うかつな答えは命取りだと告げた。

「……いつもと違う感じはするな」

だから、俺は無難にそう答えておく。正直言うと、かなりエロい気もするのだが、今言ったら俺も宙を舞うことになるだろう。

「じゃあ恥ずかしいの我慢して着た甲斐もあったのかな」

「そう……なんじゃないの？」

それを正直に認めるのは鉄丸の同類だと認めるみたいだったので、俺はひとごとのように答えてしまう。

「じゃあ、いいや」

でもそれで美乃莉は満足だったらしく、また歩き始めた。俺は慌ててそれを追いかける。

「そういえばさ、ヒロ君？」

でも追いつく前に振り向いて、話しかけてきた。

「なんだ？」

「何を話してたの？」

「……何って、まあ、男同士の馬鹿話だよ」

そういうことにしておこうと思ったが、美乃莉は鋭かった。

「本当に？」

「まあ、正確にはちょっと違うけどな」

「やっぱりそうだよね」

どうやら美乃莉にはそれなりに確信があったらしい。

「なんでそう思ったんだよ」

「うーん。やっぱり変だったよ、鉄丸君の様子」

「お前はそんな奴を蹴ったのか……」

「気づいたのは少し後っていうか、蹴りながら、あれ変だなって思ったっていうか……」

どっちにしろそれはそれで変だろうと思うが、これも黙っておこう。本人も気にしてるし、これ以上責めるのは止めよう。俺の身の安全のためにも。

「でも、まあ、男同士の馬鹿話だったかもなあ」

「それって……あの人の水着姿がーとかそういう話？」

「そうじゃなくて……まあ、なんか告白したいんだってさ」

この状況では下手に嘘をついても逆にまずそうなので本当のことを言っておく。

「こ、告白？」

「終業式が終わったら思い切ってするんだとさ」

「……そうだったんだ。でもそれでいいの？」

「え？　良いも悪いもないだろ」

それに鉄丸は覚悟の上のことらしい。俺としてはうまくいくことを祈るのみだ。

「……そうだよね。ヒロ君ってずっとそうだし」

なのに美乃莉は俺を責めるようなことを言い始める。

「美乃莉は反対なのか？」

「……別にいいよ」

美乃莉は明らかに不満そうなのにそんなことを言う。今度は美乃莉がすねる番か。こうしてみるとユキちゃんが一番の年下なのに、随分と大人に思えてくる。

「いいなら、なんでそういう態度になるんだ？」

「だってヒロ君がいいなら……しょうがないよ」

「……つうかさ、なんでそんなに鉄丸が告白することをお前が気にするんだよ？　俺もお前も関係ないだろ？」

「それは……ヒロ君がいいなんて言うからっ……って、待って……」

美乃莉は大声をあげようとしたようだったが、それが急に静かになった。

「なんだよ？」

「鉄丸君が告白する相手って……誰？」

そしてさっきまでの様子が嘘みたいに、今度は泣きそうな顔に美乃莉はなっていた。

「三軒道さんだよ。絶対に本人に言うなよ？」

「そうか……そうだよね」

と思ったら、今度は笑い始めた。忙しい奴だな、本当。

「あいつ、お前に三軒道さんを誘えって言ったろ？　あれ、そういうつもりだったらしいぜ」

「そうだったんだ。だったら悪いことしちゃったね。そう言ってくれてたら、無理にでも誘ったんだけどな」

「……ま、無理に誘ったらまずいだろうけどな」

それに美乃莉には悪いがうまくいく気はしない。クラス一の美少女が俺たちなんかとこんなところに来るとは思えない。

「ああ、でもそうだよね」

美乃莉はため息なのか深呼吸なのか、とにかく大きく息を吐き出す。

「何が？」

「私に告白するなら、ヒロ君が私に言うわけないよね？」

俺はそんな美乃莉の質問にひどく呆れてしまった。こっちもため息が出るさ。

「はあ。お前そんなこと思ってたのか？　鉄丸がお前のこと好きなわけないだろ」

「わかってるよぉ……でもなんかそうなのかなって思っちゃったんだよぉ……」

そして美乃莉も自分でそう思ったのがおかしいと思ってるらしい。俺に改めて指摘されるとへなへなと枯れた植物のようになってしまった。

「だって、だってヒロ君がいきなり、告白とか言うから、動転しちゃって……」

でも言い訳だけは続く。よほど否定したい出来事だったらしい。

「そんな理由で俺に怒りぶつけられてもなあ」

「うう。もう追及しないでぇ……私だっておかしいって思うよぉ」

弱々しく美乃莉がそう言うと、俺も少し責め過ぎたかなと思う。

「じゃあ泳ぐか。せっかくプールに来たわけだしな」

そしてへたり込んでしまった美乃莉に手を差し伸べる。

「……う、うん」

顔を上げた美乃莉は耳まで真っ赤だった。俺はそれに気づいて悪いことをしてしまったなと感じつつ、ちょっと可愛いんじゃないかとか思ってしまった。

いや、胸が大きかったからではなく、なんというか……色っぽかったのだ。本当だぞ？

＊＊＊

そして結局、鉄丸は最後まで泳がなかった。それで美乃莉は蹴りのせいかと心配したが、ユキちゃんの話によると、実は鉄丸は泳げないらしい。まあ、本人は女の子の水着姿を見に来ただけとか、こんな小学生がそのままおしっこしてそうなところで泳ぐ気になれないなんて言ってたが……まあユキちゃんの言葉の方が説得力があった。

「本当、何がしたかったんだろうね」

そんなわけで鉄丸とユキちゃんと別れたところで、美乃莉がそう言うのはもっともなことだと思ってしまう。

「まあ、ユキちゃんが元気そうだったし良かったんじゃないのか？」

本当は俺を元気づけるためのものだったはずだが、もうそれは言わない方がいいだろう。

「そうだね。そこは良かったよね」

「これで月曜日まで元気でいてくれれば良いんだけどな」

「……大丈夫じゃないかな。ユキちゃんも鉄丸君のことで今更、本気で怒ったりはしないだろうし」

「だと、いいけど」

そう言いながら俺は美乃莉の見事な蹴りを思い出してしまう。たとえわかっていても許せない。そういう瞬間がユキちゃんにないとも限らない。

「……もう蹴らないから」

美乃莉はそんな俺の考えを読んだらしい。まあ自分でも思い出してしまったんだろう。

「まあ、美乃莉の話でもないしな」

「でも本当、意外な感じがするなあ。あの鉄丸君が、女の子に告白だよ？」

「俺も全然、気づいてなかった」

「ヒロ君はそういうの鈍いから」

なんだかまた怒られたみたいな気がする。

「じゃあ美乃莉は気づいてたのか？」

「私も気づいてなかったけど……」

「気づいてたら、自分かもなんて思わないよなあ」

「……だからそれはもういいよぉ」

「お前が変なこと言うからだろ」

「そうだね」

それで美乃莉はため息をついて、そのまま話を続ける。

「でも鉄丸君、勇気あるよね。三軒道さんだよ、三軒道さん？　好きになってもやっぱり言えないよね、あんな可愛い娘相手だと」

「……まあ、そうだろうなあ。俺には三軒道さんはいまいちピンと来ないが」

「そうなんだ。この間、言ってた肩凝るってやつ？」

「だろうなあ。とりあえず三軒道さんと一緒に学校から帰るとか想像できないし」

「じゃあユキちゃんは？」

「ユキちゃん？」

「ユキちゃんと付き合うとか想像できる？」

「んー。あんまり想像したくないな」

俺のそんな言葉に美乃莉は意外そうな顔をする。

「……嫌いなの？」

「嫌いじゃないけど……まあいい娘だとは思ったしなあ」

「そうだよねえ。なんか仲良くしてたみたいに見えたけどなあ」

「まあ、そうなんだろうけど……やっぱり鉄丸の妹だからなあ」

「……無理？」

「無理だと思うなあ。だってあの顔にさ、キスとか出来ないだろ、実際」

「……そうかも」

「今日はまだ一緒にいたからいいけど、ユキちゃんだけだとかなり……辛い気がする」

想像しようとするだけで、背中を怖気《おぞけ》が走るのを感じた。こんな調子では実際にそうなったら卒倒してしまうかもしれない。ユキちゃんからすれば失礼な話だろうが、鉄丸と俺が先に知り合ったのも運命なので許して欲しい。

「そうか……あんなに可愛いのにね」

「お前は平気なわけ？」

「私は平気だよ。ユキちゃんは女の子なんだから」

「ああ、そうか」

なんだか損した気分だ。いや、実際にきっとかなり損してる。あんな可愛い娘にそれなりに慕われてるのに、仲良くする気になれないのだ。

「って、そう言えば鉄丸君の告白の話だったよね」

「ああ、そうだった」

言われてみるとなんでそんな話になってたんだろうと思う。

「勇気とかそんなんじゃないのか？　そう思ったから、言っちゃうとかそういうノリなの？」

「そうでもないと思うぞ。それとなくお前に誘わせようとしてたんだぜ？」

「あ、そうだよね。思ったら言うんだったら、もう言ってるよね。ということは、やっぱり鉄丸君も好きな人の前では言いたいことも言えないってことか」

美乃莉はそんなことを言いながら口元で笑ったみたいだった。そこは面白いところなのか？

「けっこう考えてるみたいだったぞ。終業式後を狙うのは失敗した時の保険のためとか」

「どういうこと？」

「振られたら次の日、学校行きたくないだろ？」

「それはそうかな」

「だから行かなくてもいいように日を選ぶってこと」

「ああ、そうか」

「あとはやっぱり踏ん切りみたいだな。このままじゃ本当の他人になっちまうから、その前につなぎ止めたいってそういうことらしい」

「……そうか。最後で最良のタイミングなんだね」

「最良かどうかはわからないけどなあ。もっと早く告白した方が良かったかもしれないぜ。なにせ来年は受験だしなあ」

「……そうだねえ。上手くいっても勉強頑張らないといけないのかあ。大変そう」

「まあ、鉄丸は勉強は出来る方だからなあ、その辺は心配ないのかもしれないけど」

「でも三軒道さんとじゃ進路は別になっちゃうだろうね」

三軒道さんは可愛いが成績はそんなに良い方じゃないから、そうなるだろう。

「まあ、進路が別だからどうだってこともないだろうけども、一緒にいる時間は減るかもな」

というか、そもそも告白して上手くいく保証もないので、そんな先のことなんて考えてもしょうがないのかもとも思う。

「……大変なんだね、そう考えると」

でも美乃莉は意外なほど真剣にそのことを捉えていたらしい。

「そうなんだよね。鉄丸はこのままじゃ、どうにもならないんだよね」

「まあ、このままじゃどうにもならないから頑張るんだってさ」

「でも守るものはないから、それなら玉砕覚悟でつっこんだ方が得だって。そういうことらしい。まあ、俺もそう思う。ひとごとだからかもしれないけどさ」

だから俺は明るくそう言ってから笑ってみせた。でも美乃莉はやはり深刻そうな顔だ。

「うん。そうだね」

「そんなに心配か？　なんか三軒道さんに関して情報でも持ってるわけ？」

「そ、そうじゃないけど……でもなんでか、あの人、彼氏いないよね？」

「まあ、理想が高いんだろうなあ。あれだけ可愛ければ、えり好みも出来るだろうし」

それこそ何度も告白されてるんだろうなと思う。そう考えれば、鉄丸が玉砕しても、三軒道さんはいつものことって感じなんだろうな。だとすれば、まあ、いつまでも引きずったりネタにされたりもしないいんだろう。それなら気楽なもんだ。俺はそんなことを思うが、美乃莉はちっともそうは考えてくれてないらしい。

「……そうだよね」

「大丈夫か？」

なのでさすがに心配になった。

「えっ？　ええ？」

「さっきから元気ないけど、泳ぎ過ぎて疲れたとか……そんなんじゃないよな？」

「うん。でもまあ、きっと一時的なことだと思う」

「なら、いいんだけどさ。美乃莉だけ元気なさそうに帰られたら困るしなあ」

「困るの？」

「困るだろ。ユキちゃんも鉄丸も、俺も楽しんだんだから。嫌がるお前にあんな水着着せて、それでぐったりしたまま帰られたら、すげえ悪いことしたみたいだろ」

「……水着は恥ずかしかったけど、けっこう楽しかったかも」

「そうか。新たな自分を見つけちゃったって感じか」

「ヒロ君が褒めてくれたからだよ」

「俺なんかでいいなら、いくらでも褒めてやるぞ」

そんな軽口を叩いてみるが、どうも外したらしい。恨めしそうな目で見られた。

「……それならもう少し褒めて欲しかったかな」

「えっと……あのさ、あの時は言わなかったっていうか、言えなかったんだけどどな」

「なに？」

「俺もその……濡れてる美乃莉は……エロいかなあって思った」

言ってしまってから、もう少し言い方があるだろと自分でも思うが時すでに遅し。

「……本当？」

でも蹴りは飛んでこなかった。代わりに小さな声での質問。

「その……いい意味だからな？」

自分で言ってから、それはどういう意味だと思う。

「うん。わかってる」

でも美乃莉には通じたらしい。なので、まああまり深く追及するのは止めておこう。改めて言い直したら悪い意味になってしまうかもしれない。

「色っぽかったってことだよね？」

「そうそう、それだ！」

最初からそう言っておけばよかった。心からそう思う。

「それって胸……のこと？」

「いや、その信じてもらえないかもしれないが、髪の毛のことだ」

「そっか……けっこう印象変わるよね、私でも」

「全然違った。っていうか、今もけっこう違うよ」

「そうだね……まだ乾いてないし」

それで美乃莉は落ち着かない様子で髪をいじり始める。

「眼鏡かけてるとまた違うよな。いや、そうか眼鏡はいつもかけてるのか」

「色っぽい?」

そんなことを改めて聞かれると、さすがに照れる。

「まあ、なあ……」

「じゃあ、頑張った甲斐はあったかな。これで見せ損だったら泣いて帰るよね」

それでやっと美乃莉は笑ってくれた。

「だな」

なのにタイミングが悪いことにパラパラと雨が降ってきたらしい。

「……雨?」

美乃莉の眼鏡に水滴がついていた。こういう時、眼鏡は便利だ。まあ、美乃莉自身は視界がゆがんで不便かもしれないが。

「降ってきたな。さっさと帰るか」

「だね」

それで俺たちは少し歩く速度を変える。そのせいでなんだか急に落ち着かない気分になる。

「そう言えばさ、また放火あったらしいね」

そこに美乃莉が不穏な話題を持ち出してきた。

「また？」

「一昨日かな？　今回のはあんまり大事にならなかったんだけど、その前は倉庫が燃えちゃって騒ぎになってたでしょ？」

「ああ、あれか」

秘密倉庫の話だなと思い出す。

「どうもこの辺を放火魔が狙ってるんじゃないかってお母さんが言ってた」

「……まあ、偶然とかじゃないよなあ、二度三度となると」

「うん。だから気をつけた方がいいよって」

「そういうのって気をつけようがあるのか？」

「私もよくわからないけど、泥棒とかだとなんだっけ？　五分で侵入できそうにないと敬遠されるって話なんだって」

「だから放火魔も気づかれそうなところには火をつけないって？」

「うん。だから家にいる気配を出してたら大丈夫……なのかな」

「……そうか」

だったら平気だなと俺は思う。母さんはもっぱら家で仕事をしてるし、それに今はトコだっている。あいつは外を出歩けないが家にいるという意味では実に頼りになる。

「ごめんね。ヒロ君の家、おばさんしかもういなかったんだよね」

でも美乃莉はそうは思ってくれなかったようだ。無理もないことだが。

「いや、でもまあ、母さんはほら、ほとんど家にいるし」

「うん。でもちょっと無神経だった」

「だから気にするなよ。俺は気にしてないし、そんな謝られる方が凹む」

「……それはわかってるけど、さすがに自分でもどうかって思った」

せっかく元気になってくれたと思っていたのに、また美乃莉が暗い顔になってしまった。

「ま、気にするな。それにトコがきっと守ってくれるよ」

それは本当に言葉通りの意味である気もした。俺の家にはずっとトコがいて、放火魔はだからきっと近づけない。

「そうだね」

でも美乃莉には強がりに聞こえたのかもしれない。それを俺は確かめることも出来ず、強くなってきた雨を見上げてしまう。

「けっこう降ってきたな」

だけどもう美乃莉の家はすぐというところまで来ていた。

「さっきまで水につかってたのに、そんなこと気にするなんておかしいよね」

だから少しは美乃莉は余裕が持てたみたいだった。

「服が濡れるぜ」

「いいよ。この服はもう飽きちゃった気もするし」

「そっか……俺は別に嫌いじゃないけどな」

「うん。わかってる」

　そして美乃莉は自分の家の前で立ち止まって俺の方を見る。その顔は笑顔。でも心から笑ってるとはとてもじゃないが思えなかった。

「今日はありがとな」

　だから俺はそれくらいしか言えなかった。そんな風に無理してる美乃莉に気づいて、責めるべきだったかもしれない。でも出来なかった。

「いいよ、お礼なんて。今までだってそんなことなかったし、これからもいらないよ」

「……そうか。そう言えば、そんなこと言ったことなかったかもな」

「うん、言ったことない」

　でも美乃莉はその方が良かったとでも言いたげだった。

「じゃあこれも言ったことないかもしれないけど、言っておく」

「なに？」

「またプール行こうぜ？」

「……いいよ。鉄丸君が一緒じゃなければね、いつでもね」

「そっか。じゃあそういうことにするか」

「うん」

　でも俺たちはその「いつでも」がいつのことかを話し合ったりはしなかった。そのことに俺は気づいていたし、美乃莉も気づいていた。

でも決めることはなかった。だから、いつでもはいつでものままだった。

＊＊＊

その日のトコは待ちくたびれていたらしい。だから俺がまだ元気なうちに早々と寝入ってしまった。しかも俺のベッドでだ。

「起こすのもかわいそうだしな」

それに気づくと俺は自分の部屋から出て台所へと向かう。小腹が空いていたのだ。

「ん？」

でも途中で母さんに出会った。居間でチーズをくわえて、ワインを飲んでいた。なんだか一人で贅沢しているみたいにも見える。

「なんか食う物ある？」

「……さあ。適当に冷蔵庫の中を覗いてみなさい」

「その前に何かあるか確認したかったんだけどな」

というか一応、主婦なんだから把握しておけよと思う。

「まあ、何かはあるでしょ」

でもどうせ見るんだし、どっちでもいいというのが母さんの考えらしい。

だから俺は冷蔵庫の中を自力で探し、戻ってくる。戦利品はチーズ鱈というやつ。これもワインのおつまみのつもりだったのかとも思ったが、母さんは別に文句は言わなかった。

「トコは？」

代わりに質問を一つ。

「寝た」

「そう。まあ、寝る子は育つって言うしね」

「……そういうことわざだったっけ？」

「まあ、そんなに間違ってないんじゃないでしょ、きっと」

「そうか？」

とりあえず魔力を温存するために寝ておくなんて意味ではなかったと思う。

「ま、明日、博史と出かけるのが楽しみで張りきっちゃったんでしょうよ」

「そういうのは明日、張りきるものなんじゃないのか？」

「遠足が楽しみで寝れないみたいなものよ」

「思いっきり寝てるけどな」

「博史が出かけてる間はずっと調べ物してたみたいよ。だから覚悟しておいた方がいいんじゃないかしらね」

「調べ物？　図書館にでも行ってたのか？」

でも、それはないよなとも思う。

「インターネットよ。私のパソコンをいじって、色々とメモをしてたわ」

「母さんのパソコン、インターネットにつながってたのか」

そんなものが俺の家にあるとはちっとも知らなかった。理由は俺がパソコンとかがさっぱりわからなかったせいなので母さんが秘密にしてたとかじゃないわけだが。

「そりゃあねえ。今時はメールが受け取れないと仕事も滞るわよ」

「メールねえ」

とりあえず俺には縁のないものだなあと思う。クラスメイトは携帯を持ってて、それでなにやら送り合ってるみたいだが、目の前にいる相手にそんなことをする理由が俺にはわからないし、うらやましいとも思わない。

「ま、仕事道具よ」

そして母さんの言い様からすると、母さんもあまりそういうものを利用するのは本意とは思ってないらしい。仕事相手が使ってるので、そっちに合わせた。それだけなのだろう。

「にしてもトコがインターネットねえ。時代は変わったなあ」

「やっぱりこういうのは子供の方が得意なんだなあって思ったわ。最初こそ色々聞かれたけど、慣れてきたらもう夢中になってたみたいだし」

「トコがねえ」

どっちかというとそういうのは苦手なイメージだったけどなあと思う。テレビとビデオの配線はわからなくてもネットサーフィンとやらは出来るのか。便利な時代になったものだ。

「あんたもやる？」

「……いいよ、俺は。仕事の邪魔になるだろうし」

「別に欲しいならパソコン一式買ってあげてもいいけど」

「偉く気前がいいなあ」

「あ、トコにってことよ？」

「さっきの質問は俺に対してじゃなかったのか？」

「そうだけど気が変わった」

「そうですか」

「で、お金はあるの？」

そう言いながら、母さんはグラスが空になったのに気づいてワインを注ぎ始める。

「お金？　パソコン買う金なんてあるわけないだろ」

「そうじゃなくて明日、トコに色々買ってあげるためのお金」

「……正直言うと心許ない」

「だと思った」

母さんはグラスから一口飲む。それから胸のポケットから折りたたまれた封筒を取り出した。

「なんだよ、これ？」

「話の流れからしてお金でしょうねえ」

「……唐突な会話が多いからそうとも言い切れない気がするけどな」

でものり付けされてないそれを開けると、お金が入っていた。

「明日、使ってあげなさい」

母さんはそんなことを言うが、かなりの大金だった。十万か、もしかするともっと。俺が生涯で初めて手にした金額という気がする。

「いいのかよ、こんなに？」

「良くなかったら渡さないでしょう？」

「そりゃそうだけど」

にしたって、いきなりこんなことされると正直、びびる。

「トコの結婚資金になればって思ってたお金よ。だから使ってあげなさい」

「それなら取っておいた方がいいんじゃないのか？」

「トコの荷物処分しちゃったしね。その穴埋めくらいしないとね」

「でもさあ……けっこう前から貯めてたんだろ、これ？」

「いいのよ。使ったらまた貯めればいいんだし、それに今は無理してでも使ってあげて欲しい。そういう気分なの」

「らしくもねえなあ。というか明日の朝、気分が変わったとかなしだぜ？」

「もう渡した以上は博史のお金よ。トコが一番喜ぶように使ってあげなさい」

「……じゃあ、そうするよ」

なんだか妙に物わかりが良くて、逆に不気味だがトコのことを考えたら、これは受け取っておいた方がいいだろう。いきなり全部使う必要もないのだし、トコの欲しい物を揃えるための資金にさせてもらうことにした。だからポケットにしまっておく。

「で、どうするの？」

「どうするってまだ使い道は決まってないけど」

「そうじゃなくて、トコとのことよ」

「……話題の切り替えの前には何かあってしかるべきだと思うんだがなあ」

「前からの案件でしょうが」

「そりゃそうだけど」

それとこれは違うし、いきなり尋ねられても困る。

「決まってない——って感じね」

「……悪いのかよ」

「まあ、すぐに答えの出せることじゃないっていうか、博史には無理な話かとも思うわ」

「悪かったな。頭が堅くて」

「別にあんたじゃなくても、妹と結婚するなんて考えられないでしょうよ。ましてや、あの小さい姿になっちゃったところを見ればね」

「……だったらなんだって言うんだよ」

「別に良いのよ。博史には博史の自由があるんだから」

母さんは含みのある言い方でそう言うとワインをまた飲む。

「なら、なんなんだよ？」

「でも白黒はつけた方がいいわよ。それも早いうちに」

「それはトコにお前とは結婚できないって言えってことか？」

「あなたがそう思うならそうしろって言ってるだけよ」

「そうは聞こえなかったけどなあ」

「だったらもうあなたの答えは決まってるってそういうことじゃないの？」

「明らかに誘導尋問だろ。俺には無理だと言った上で、どっちか聞くなんておかしいぜ」

「……まあ、私はどっちでもいいのよ、本当に。博史とトコの好きにしなさい。どうせ世間の常識なんて通用する状況じゃあないんだから」

「だったら催促する必要もないと思うけどな」

「本当にそう思ってるの、博史は？」

母さんがじっと俺のことをにらみつける。その目は「そんなはずはないわよね？」と俺に現実を突きつける。

母さんがさっきから何を言ってるのか。それを俺はうすうすはわかっていた。そして母さんはどっちにするかを気にしているのではなく、どっちでもないままの現状を気にしてるのだ。

「……今じゃないとダメなのか？」

だから俺は強く返す気にはなれなかった。

「今じゃなくていいわよ。それに私に言うことでもないでしょ。そして多分、トコに言うことでもない。だから、あんたが決めればそれでいいの」

そして母さんはそれ以上は俺に答えを聞かなかった。でも何を言いたいのかはそれでわかった気がする。

「俺のこと、心配してるわけ？」

母さんはさっき言った。答えを出すべきなのは母さんのためでも、トコのためでもなく、俺のためなのだと。

「そうなるかしらね。また何もない妹の部屋で泣きながら寝られても困るし」

でもやっぱり俺の勘違いだったかもしれないという気がしてきた。

「……困るだけで放置してたんじゃないのか、その時は？」

「そっとしてあげるのも親の仕事ってこともあるわ」

そしてどこまで本気なのか母さんはにっと笑った。酔っぱらってるので少し品がない。

「まあ、起こされても気まずかったかもしれないけどさ」

「それはそうと、博史？」

しかし母さんはまたあっさりと話題を変えた。

「……なんだよ」

「進学はするのよね？」

「またヘビィな話題を普通にするなあ」

「ただの確認でしょうが」

「……でもなあ」

少し前なら俺は迷わず、するよと答えていただろう。でも今の俺にはそれが出来なかった。そして母さんはそのことがわかっていたから聞いてきたのだろうと思う。

「するわよね？」

「……正直、迷ってる」

なのに母さんは以前の通りの答えを俺に求めているみたいだった。

「でしょうね」

「俺、別に将来何をしたいかわからないし、大学行くって話だって、母さんに大学くらい行っておけって言われたからだったよな」

「そうね」

「でもトコが死んだ時、俺、そういう風にすごくなんとなく生きてるんだなって感じた。なのにさっきも母さんにどうするか聞かれて、やっぱりなんとなくのままだって思い出した」

俺はそれが嫌だった。でも母さんは不敵な笑みを浮かべて俺を見る。

「そういうものでしょ。そんなに急に人は変われるものじゃないわ」

「それはそうだけどさ」

でも焦る気持ちを消すことはできなかった。母さんだってそういう風になんとなく生きてる俺を気にしてさっきトコのことを聞いた。そのはずなのに俺は答えを出せない。

「大学に行かない方がいいと決めたなら、行かなくてもいいわ」

「別に行かないと決めたわけでもない。俺は本当に行った方がいいかわからなくて……」

でも母さんはそんな俺の焦る気持ちを受け止めてはくれなかった。ただ、笑みを浮かべたまま俺に静かにこう言った。

「だったら大学に行きなさい」

「……どうして？」

「それで将来どうしていいか決めるための時間が四年増えるからよ」

「そんなんでいいのかよ？」

結局、それは答えを出すのを先延ばしにしただけじゃないか。俺はそう感じる。

「いいのよ」

でも母さんは迷いなくそう答える。

「……どうして？」

「私がそうして欲しいからよ。あなたには大学に行って欲しい。ずっとそう思ってた」

「意味わからないんだけど？」

「まあ、これは本当に私のわがままだけど。私が大学に行けなかったから、その代わり」

「そんな理由なのかよ」

「だから、わがままだと言ったでしょう」

「言ったけど」

「私はね、大学に行きたかった。でも私の両親は理由もないのに行く必要なんてないって言ったのよ。だから私はその時、誓ったの。そんな親には絶対にならないって」

「……だから俺に大学に行けって？」

「それに大学に行かないとしてどうするの？　働きに出て、そのお金でアパート借りてトコとラブラブに暮らそうとか思ってるわけ？」

「いや、思ってないけど」

「トコのこと考えるなら働きになんか出ない方がいいわよ。男なんてのは仕事が忙しいって理由があれば女にどこまでだって冷たくできる生き物なんだから」

「……そうなのかな」

母さんが言う男というのはきっと父さんのことに違いない。でも俺は父さんの息子なわけだし警戒されても仕方ないように思う。

「お金のことなら心配しなくていいのよ。私は自分のわがままを通すためにちゃんと準備をしてるんだから」

「そんなことは心配してないけどさ」

でも感謝はしていた。それは確かに母さんのわがままかもしれないけど、俺のために考えてくれた結果でもあったからだ。

「だったら大学に行きなさい」

だからそう言われるともう俺には断ることはできなかった。これ以上、甘えないなんて気持ちもあっさりと握りつぶされてしまったみたいだ。

「わかったよ。そうする」

「じゃあ、さっさと寝なさい」

「……まだ、これ食べ始めたばかりだぞ？」

「残りは私が食べるから」

「そういうことじゃなくてさ」

もう少し話しててもいいんじゃないのかと思うが、それは言えない。

「トコ、明日早起きして出かけるつもりみたいよ？　行きたいところがたくさんあるし、近所の人に見つからないようにするためには早く出た方がいいでしょ？」

確かにその通りだ。トコがもう寝てるのはそのための準備という意味もあったのか。

「そういうのは早く言ってくれ」

だから俺はもうこれ以上話すのは諦めて立ち上がる。

「博史？」

なのに母さんは自分でそれを促したくせに俺を呼び止める。

「なんだよ？」

俺はまた何か変なことを言われるのだろうなあと思って母さんの方を見た。

「いつまでもガキでも困るけど、もう少しはガキでいてくれていいのよ」

母さんは俺の想像とは違って穏やかな笑みを浮かべていた。まるで俺が何も考えていないガキだとわかったのが嬉しかった。そう言わんばかりの顔だ。

「……覚えておくよ」

不思議と不快な気はしなかった。母さんは俺のことをまだまだガキだとそう言ったも同じだ。そして俺は自分がなんとなく生きてるガキでしかないことを焦っていたはずだ。

「おやすみ、母さん」

なのに俺は随分と静かな気持ちで居間を出て行く。

＊＊＊

「お兄ちゃん、どこ行ってたの？」

部屋に戻るとトコが目を覚ましていた。といっても、たまたま眠りが浅くなった時に、俺がいないのに気づいたというだけらしい。まだまだ眠いという顔をしている。

「……なんか腹減ってさ。ちょっと冷蔵庫をあさってた」

俺はそう答えて、ベッドに潜り込む。トコの顔を見ていたら俺も眠くなってきた。

「寝る前に食べると太るよ？」

トコは俺の後ろで布団の中に潜り込んで、そんな知識を披露してくれた。

「そんな女子高生みたいな悩みは抱えてないって」

でもそれが正直な感想だった。別に太るなら太ればいい。俺は身長の割には体重が軽い方だし、もう少しは脂肪がついてもいいと思ってる。

「それもそうだね」

そしてトコはすぐにそれを理解したらしい。

「おやすみ、トコ」

だから俺はもう寝る。トコの眠気が移ったのか、さっそくあくびが出た。

「おやすみ、お兄ちゃん」　そしてトコはそれだけ言うと、すぐに寝息を立てて寝入ってしまったみたいだった。

5 静《しず》恵《え》：俺の母

次の日は朝から分刻みのスケジュールという奴だった。

何時何分の電車に乗ると、何時何分に目的の駅に行けて、乗り換えにかかる時間は何分でというのも今はインターネットで調べられるらしい。便利な時代になったものだ。

「街が目を覚ます前に出かけないとでしょ？」

トコはそう言ったとおり、始発かそのくらいの時間には駅にいた。それはおそらくご近所さんに見つからないようにするための作戦だったんだろうが……正直、眠い。

「……ふぅ」

そんなわけで一息つけたのはお昼を食べるために席に着いた時だった。その時点でもう七時間以上起きているというのは俺の人生の日曜日ではきっと初めての経験だ。いや、日曜日に限らないだろう。平日だってこんなに早く起きたりしない。

「お兄ちゃん、疲れちゃった？」

でもトコは全然疲れた様子はない。昨日はやけに早く寝ていたが、いわゆる寝だめという奴だろうか。

「疲れたわけじゃないけど……ちと眠い」

注文した料理が来る間、俺たちはそんな会話をする。

「朝早かったからね」

「トコこそ、疲れてないのか？」

「私？　私は大丈夫だよ」

明るく笑うトコ。そこにはどこにも疲れなど感じさせない。

「あんまり無理するとまた縮むぞ」

でも俺はそんなことを心配する。今のトコは信じられないほどの腕力を発揮することも出来るが、それをすれば魔力が消耗するんだかなんだか知らないが小さくなってしまうのだ。

「……そ、それはそうだね」

そしてトコはその可能性をすっかり忘れてしまっていたみたいだった。自分のことなのに。

「それにこんなに急がなくてもいいんじゃないのか？　俺だって月曜日学校行けば、もう春休みなんだし。そうしたらいつでも連れて行ってやれるんだし」

俺は自分でそれを言いながら、どこかひっかかるものを感じた。それはきっと、いつでもという部分だ。昨日、美乃莉にそう言われて、そして俺はうやむやにしたまま逃げた。

「それはわかってるんだけど、二日待ってる間に色々行きたくなっちゃったんだと思う」

でもトコは美乃莉と俺のことは知らない。トコはずっと家で俺の帰りを待っていたのだ。

そしてそう言われてしまった以上、俺としても責任は感じる。

「じゃあ行きたいところには全部行っておくか」

「でももう行こうと思ってたところは一通り回ったかな」

「……早いな、おい」

だったらもう少し遅く出るということでも良かったんじゃないかと思う。

「予定通りに行くとは限らなかったから。それにしてもすごいんだね、インターネットって。本当に調べた通りの時間に電車が着くし」

「まあ、そうじゃないと困るし、クレームも殺到だろうけどな」

「……それもそうだね」

トコは俺の言い方が面白かったらしい。小さく笑う。

「じゃあ、午後はどうするんだ？」

「お兄ちゃんは行きたいところはないの？」

「うーん。トコが全部考えてるものだと思ってたからなあ」

俺がそう答えたところで料理が運ばれてきた。トコの方はハンバーグランチという奴だ。

トコの見た目からすれば旗をつけてもらってもいいくらいだが、そういうわけもなく。

俺の方は鶏肉をシメジと一緒に焼いたとかそんなの。もちろんご飯も一緒に頼んだ。

「じゃあ帰って寝る？」

眠いことは眠いのでそれも魅力的な提案だったが。

「……それもなんだかじじむさいなあ」

せっかく朝から遠出しているのだから、昼過ぎに帰るという選択はなしだろうと思う。

「いただきまーす」

俺がどうしたものだろうと考えている間にトコは食事を始める気になったらしい。

「いただきます」

なので俺もそれに倣う。日曜日の昼時ということもあって、店はけっこう混んでいた。俺たちが来た時は平気だったが、今は席が空くのを待ってる人もいるみたいだ。だからさっさと食べて出て行った方が店のためなのだろう。それに料理も冷めるしな。

だから俺はガツガツと鶏肉を食べた。

「お兄ちゃん、美味しそうだね」

「ああ。トコが調べて来たがっただけある」

「だったら一押しのハンバーグにしておけばよかったのに」

「先にトコが頼んだから違う方がいいかなって思ったんだよ」

「お兄ちゃんってそういうところあるよね」

「ん？」

「お母さんに先に注文されると、それ頼むつもりだったのに急に変更したりとか」

「……そうだったかなあ」

言われてみると、けっこうそういうこともあったかもしれない。でも一緒のものを頼むより、色々頼む方が面白いという気がしないか？

「ハンバーグ、ちょっと食べる？」

その辺はどうやらトコも同じらしい。違うのを頼んでおけばこういうことも出来る。

「ああ、食べる、食べる。トコも食べるか、シメジ？」

「……シメジだけなの？」

「鶏肉も食べるか？」

「食べるよぉ」

トコはそう言ってハンバーグを切り始める。俺の分なのだろう。だから俺も鶏肉を切ることにする。それで交換すればいい。そう思ったのだが。

「お兄ちゃん、あーん」

トコはそんなこと言って、ハンバーグを刺したフォークをこっちに向ける。

「あーんって……トコ、お前なあ」

昼時の家族連れの多い店内でそれはかなり恥ずかしい。

「いらないの？」

「……いるけど、もう少しこう穏便な渡し方ってのがあるだろう？」

というかトコはこういうキャラだったかと思う。母さんだって嫌がらせにしたってここまでやらないし、俺の家ではそういう風習はなかったはずだ。

「ダメ？　私、こういうのにずっと憧れてたんだけどな」

トコは小さく笑う。それでハンバーグがどっちつかずのまま俺とトコの間に置かれたままになる。

「……わかった。今日はトコにとことん付き合ってやるよ」

「本当？」

トコの笑みが顔いっぱい、いや体中に広がるように見えた。

「……ああ。まあ限界はあるかもしれないけどな」

「それって全然、とことんじゃないと思うけどな」

「……俺にも出来ることと出来ないことがある」

「そうだね。じゃあ、とりあえず、あーんして、あーん」

そしてトコは机に手をついて身を乗り出してきた。俺は覚悟を決める。

「あーん」

そしてもうちょっと冷め気味のハンバーグを口に入れる。

「……確かに美味いな」

ハンバーグというとどうしても子供向けとかレトルトというイメージがあるが、これはそんなチャチなものじゃなかった。中までじっくりと火が通っていて、噛みしめると肉汁がこぼれる。評判になるだけのことはあるなと素直に思う。

「もっと食べる？」

「お前の分がなくなるだろう？」

「いいよ、私は。お兄ちゃんが嬉しそうにしてくれればそれで」

そしてトコはそんな恥ずかしいことを平気な顔をして口にする。

「でもお前が頼んだんだろ？」

「そうなんだけど……正直言うとあんまりお腹空かないんだ」

「そうなのか？」

そういえば俺がおやつを食べてる時もトコはそんな俺を見ていただけだった気がする。

「食べられないわけじゃないんだけど、食べなくてもいいみたい」

「でも、食べた方がいいんじゃないのか？」

「そうかな？」

「食べないと大きくなれないぞ、きっと」

俺はただの一般論のつもりで言ったのだが。

「……う」

その辺はトコも気にするところだったらしい。

「とりあえず俺の方のも食べるか？」

俺はその答えを待たず、さっき切り分けた鶏肉をフォークに刺す。

「あーん」

そして顔を上げるとトコがそう言って口を開けて待っていた。

「……女の子がはしたないぞ」

つまりはさっきと逆のことを俺にしろということか？　俺にしろということか？

「お兄ちゃんだってそうしたくせにぃ」

「わかったよ」

抵抗したい気持ちもあったが、トコに付き合ってやると言ったこともある。

「はい、あーん」

だから俺は身を乗り出してトコの口に鶏肉を運んでやる。

「あーん」

トコはそれで満足そうに鶏肉を食べていたが、俺は複雑な気持ちだった。

喜んでもらえたのは嬉しいが、心のどこかでちょっと帰りたいとも思ってしまった。

＊＊＊

「本当にこんなにしちゃってよかったのかなあ」

それでも俺たちが帰りの電車に乗った頃には日が傾いていた。昼食の後はトコの服を選んでいたのだ。いくら本人がこれで構わないと言っていても、いつまでもジャージは良くない。

「いいんだよ。母さんだってその方が喜ぶだろ」

そして服だけじゃなくせっかくだから髪型も綺麗にしてもらおうと美容室に行った。おかげであっさり二、三時間潰れてしまったが、まあその成果は十分だったと思う。

「喜んでくれるかなあ」

トコは出かけとは別人のようだった。服装もどうやって着るんだろうというくらい紐やらフリルがついているようなものに変わっていたし、今の真っ白いトコの肌のおかげもあって、本当に人形が歩いていると見間違いかねない。

「喜ぶさ。それにここまで変わってれば、見つかってもトコだってばれないかも」

「それは……ちょっとひどいかも」

トコは少し口をとがらせて、俺に不満の視線を向ける。

「そうだな、ごめん」

「……いいよ。私だって自分じゃないみたいって思ったし、きっとユキちゃんだって私だってわからないよ」

「だから、悪かったよ」

こういう会話をしてるとやっぱりトコも女の子なんだなと思う。まあ、妹だし女の子じゃないはずはないんだが、そういうことをあまり意識したことはなかった。

トコはトコだし、俺が気を遣ってやるようなそんな相手とは思ってなかった気がする。

「本当に悪いって思ってる？」

「思ってる」

「だったら、また一緒に出かけてくれるよね？」

「別に悪いと思ってなくても、出かけてやるよ。明日、朝からってのは無理だけど」

まあ、絶対に無理ってことじゃないが、さすがに終業式くらいは出ておきたいという気持ちはある。鉄丸の告白の行方も気になるし。

「じゃあ明後日、朝から」

そんな気持ちを察してくれたのか、トコがそんな提案をする。

「……いいけど」

「冗談だよ」

でも冗談だったらしい。

「なんだ、冗談か」

「お兄ちゃんが気が向く時でいいよ。あんまり出歩いてると見つかっちゃうかもしれないし、それはやっぱり良くないと思うから」

「……そうだなあ。いっそ、どこか旅行にでも行くか？」

「それってお泊まり？」

「まあ、そうなるかな」

日帰りでも構わないが、二泊三日くらいがいいんじゃないかと思う。

「……お兄ちゃんのえっち」

なのにトコは別のことを考えていたらしい。耳まで真っ赤にしてトコは俯く。

「どうしてそういう結論になるんだよ？」

「だって、お泊まりって……そういうことでしょ？」

まあ、そういう意味もあるかもしれないが、俺は家族旅行くらいのつもりでいたのだ。

「……とりあえずそういうつもりで言ったんじゃない」

「そうなんだ。でもね、お兄ちゃん」

「うん？」

「お母さんはそういうことも覚悟しておけって」

「……母さんの言うことはあんまり気にするな」

「でもそれってお母さんは許可してくれてるってことだよね？」

本当に母さんはどういうつもりなのだろうと呆れてしまう。

「そういうことはだな、トコ」

「うん」

「周りがどうこう言おうが関係ないんだ。だから母さんが許可したとか、そういうことじゃないと俺は思う」

なので俺は俺の意見をトコに伝えておく。

「……そうかな。そうだよね」

トコはそれで少し考えてからだが納得してくれたようだ。

でも、俺はそれで逆に考えてしまう。

だったら誰が決めればいいのだろう？　母さんでもトコでもないなら、やはり俺が決めることなのだろうか？

「……やっぱりそうだよな」

そして俺は結局、トコとどうするのか決めないままでいる自分に気づいた。

「ねえ、お兄ちゃん。旅行もそうだけど、よそに行っちゃえばけっこう平気かな？」

「うん？　ああ、そうだろうな」

ずっとそこにいればおかしいと思われることもあるだろう。でもトコが死んだはずなのにと思う人はきっといないはずだ。

「だったら引っ越すのがいいのかな？　でもそうするとお兄ちゃん、困るよね？」

「高校三年生になって転校ってのはあまり聞かないよなあ」

でもまあありえない話という程でもないだろうとは思う。

「それにお母さんの仕事もやりづらくなっちゃうかなあ」

「それはどうかなあ。まあ、急ぎの仕事とか受けづらくなるかもしれないけど、通勤とかしてるわけじゃないし、そんなでもないんじゃないのか？」

まあ母さんの仕事を詳しく知ってるわけじゃないので推測でしかないが。

「急ぎの仕事かあ」

でもトコはそこにひっかかるものを感じたらしい。

「それにそんなに遠くに行かなくてもいいんじゃないのか？」

「そう……かな？」

「人間の行動範囲なんてそんなに広くないだろ？　駅一つ離れればそれでもう誰も気づか

なかったりするかもしれないぞ」

まあ、それはちょっと狭すぎるかもしれないが、同じ街で暮らしててもそうそう会うものじゃない。十分のような気もする。

「だったらお兄ちゃんも転校しないで済むかな？」

「まあ、一年だしな。ちょっと電車に乗るとか、バスに乗るくらいで済むならなんとかなるんじゃないのか？」

「でも……面倒だよね？」

「ちょっと朝早く起きないといけなくなるくらいだろ」

それでトコがもっと気楽に暮らせるようになるなら安いものだろうと思う。

「じゃあ、私が起こしてあげるね」

そんな気持ちが通じたのかトコは嬉しそうにそう提案してきた。

「……大丈夫だよ」

でもなんだかそれは恥ずかしいことのような気がして遠慮してしまう。

「そうなの？　でも起きなかったら起こしちゃうからね」

「まあ、その時は頼む」

俺はそう言ってトコからちょっと視線を逸らした。窓の向こうに見慣れた光景が見えて来ていた。どうやらもうすぐ駅に着くらしい。

「帰ったらお母さんに相談していい？」

でもトコの興味はもう引っ越しのことだった。

「ちょうど春休みだし、その間に引っ越せれば面倒ないよな」

「うん」

トコはそれでにっこりと微笑む。でも俺はそれをちょっと寂しいとも感じる。いや、トコが笑ったことじゃなく、引っ越してしまうということだ。

確かにそうした方がトコが喜ぶのならそれもいいと思う。でもトコと一緒に育ってきたあの家を離れるということに俺は戸惑ってしまう。

その辺はトコも母さんに似てるのかもしれないなあと思う。母さんが父さんやトコの荷物を早々に処分したことに俺はかなり不満を感じた。でもトコはそれが平気で、そして今も過去ではなく、未来のことを優先して行動しようとしている。

「お兄ちゃんは大学に進むんだよね？」

そして俺がそんなことを思ってる間にトコは先に先に進んでいたらしい。

「ああ。母さんにもそうしろって釘を刺された」

「その時は下宿するの？」

「……そうだなあ」

そんなことは考えたことがなかった。確かに今住んでるところから通学するとなると、大学もかなり限定されてしまいそうだ。

「そうしたら、その時はどうするんだろ？」

「どうするって？」

「トコも一緒に住んでいいの？」

それはけっこう重要な質問のような気がした。

「いいと思うけど……そうすると高くつきそうだなあ」

そうでなくても大学なんて行ったら母さんに負担をかけそうなのに、と思う。

「だったらやっぱり私はうちにいる方がいいのかな」

「どうかな。母さんはそんな風にトコに遠慮して欲しいとは思ってないだろうけど」

実際にはそうした方が良いのかもしれないとも思う。

その時、電車は露骨に減速を始め、そして俺たちは駅がもう間近だと知る。

「でもお金の話だけじゃなくてさ……お母さんも寂しいよね、きっと」

でもトコはそんなことを心配していた。そして俺がそれに答えられずにいる間に電車は止まって、ドアが開く。アナウンスも始まる。

「トコがそんな大人みたいなこと言う必要はないよ、きっと」

だから俺はそう言ってトコの手を引っ張りながら電車を降りる。

「……私だって、すぐじゃないけど大人になるよ」

でもトコはそんな俺に不満そうな顔をした。駅員のアナウンスに混じりながらなのに、トコの声はやけにはっきりと聞こえる。

「そうじゃなくてさ、俺も昨日言われたんだよ。俺がもう少しガキでいていいって」

「……そうなの？」

「いていいっていうか、いて欲しいということみたいだった。だからさ、トコもガキでいてやった方がいいんじゃないのかって思う。もっとわがまま言って、それで母さんにさ、仕方ないわねって言わせてやった方がいいんだよ」

「そうなのかな」

「手のかかる子ほど可愛いってことだろ。トコは今まで優等生だったから、母さんはそっちの方がきっと寂しかったと思うぜ」

「……じゃあ、わがまま言おうかな」

「そうしろ。俺だってガキでいいんだ。お前は俺の妹なんだし、もっとガキでいて欲しいって思ってるよ、きっとな」

「そうだよね。私、妹なんだもんね」

トコはそれで納得したらしく、小さくうなずいて俺の方を見上げた。

「じゃあ、帰るか」

そして母さんに引っ越しの相談をしようと俺は心に決めて、駅の出口へと向かう。

「そうだね」

その時にはもう電車はとっくに駅を出て行った後だった。だから人混みもなく俺たちは静かに改札をくぐった。

＊＊＊

引っ越すのがいいだろう。俺とトコはそれで納得したが、でも母さんをどうやって説得するかは難問のように思えた。

なにせ相手は母さんだ。意外なほどあっさりと承諾するかもしれないし、なぜか意地でも受け入れない態度を示すというどっちでもありそうな気がする。そうなるとどういう心づもりで臨めばいいのか、本当にわからない。

「……考えてみると、母さんに改まって頼み事するなんてなかったよなあ」

本当に小さい頃はどうだったか覚えていないが、俺はきっと五歳以降は、そういうことをしてないはずだ。父さんが家を出て行ってから、俺は母さんにそういうことをしてはいけないと思うようになっていた。

「私は……二度目かな」

トコは一度目の結果を思い出したらしく暗い顔をする。一度目というのは猫を飼いたいという話をした時のことだろう。あの時はまったくとりつく島もなかった。

「……うーむ」

それで俺もやっぱり無謀な試みなんじゃないかという気がしてきた。

「でも大丈夫だと思う」

なのにトコは俺の顔を見上げて笑う。

「なんで？」

どこにそういう好材料があるというのだろうか？　俺の顔にヒントでも浮かび上がってるのだとしたら、とりあえず鏡を貸して欲しい。

「お兄ちゃんが頼めば、お母さんは聞いてくれると思う」

「……そうとは思えないけどなあ」

「お母さんはお兄ちゃんには甘いから」

「そうかあ？　俺から見たらトコに甘いって見えるけどなあ」

「そう？　そんなことないと思うけどなあ」

トコのその言葉に関しては俺も断固反論したい。自分へのことというのはわかりづらいということなんだろうか？　まあそれ言ったら、俺のこともそうなのかもしれないが……。

「でもまあ、二人で頼めば大丈夫だよな」

俺だけでも大丈夫だとトコが思うなら、それで確実だろう。

「そうだね。でも話はお兄ちゃんからね」

「……なんか大変な役目を当てられてしまった気がするな」

でもまあそれをトコにやらせるってのも兄としてどうかと思う。

「ダメ？」

「いや、俺から話すよ。で、ダメそうだったら援護頼む」

「うん。私はお兄ちゃんだけで十分だと思うよ」

でもそんなこと言われてしまうと、ちょっと心がくじけそうになる。

「……援護頼むぞ？」

「わかってるよ。私はお兄ちゃんの味方だよ。いつでも、どこでも」

トコはそんな俺を試していたのかもしれない。そう答えたトコは今まで見た以上に穏やかな笑顔を浮かべていた。


でも状況はそう楽観的と言えなかった。そして俺はまた自分の人生が突然変化する瞬間が近づくのを感じていた。

「あれ……うちの方じゃないか？」

紫色に染まった空に黒い煙が伸びていた。毒を帯びた雲をもうもうと作り出している現場のようにそれは見える。

「……そうだね」

そしてそれはトコも一緒だったらしい。俺は俺の考えを否定して欲しいと思っていたが、それは果たされない。トコが俺の味方であったとしても、そんなに優しい返事は期待できない。

それくらい確実にその煙は俺の家の方角から立ち上っていたのだ。

まだ燃え始めたばかりだったらしい。見る間に煙の量が増えていく。まだ消防車のサイレンの音も聞こえない。誰も気づいてないかもしれない。

「トコ、俺、一足先に帰るから」

だから俺はそう言ってきっとその方角を見て確認する。残念ながら知ってる道だ。心の中でどういう道順で進めばいいか一瞬で理解できた。

「……うん。気をつけてね、お兄ちゃん」

そしてトコも状況を理解したらしい。

これは秘密倉庫と一緒だ。きっとそうで、だからこれは放火なのだ。

そして今日、母さんがどうしているのかを俺たちは聞いてなかった。自分たちのことばかりで、母さんのことなんて気にしてなかった。

母さんが家にいるのなら燃えているのは別の家なのだろうとも思う。でもそうじゃないかもしれない。寝ている母さんがまだあの家にいるのかもしれない。

それを考えたら、じっとしてはいられなかった。トコと一緒に急ぐよりも俺だけの方が絶対に早いという確信もあった。

「お前は慌てず帰ってくればいいからな」

俺はそれだけ確認すると駆け出した。

「……うん」

だからわからなかった。トコがその時、どんな顔をしてそう言ったのかを。そしてその時、何を考えていたのかも――。

俺は誰にでもなく一人悪態をつきながら走り続けていた。

角を曲がる度に希望が失われていくのがわかる。否定したいのに、それが無理だと空が教えてくれる。

あれは俺の家が燃えている煙だ。それ以外の答えはもう考えられなかった。俺の体から力が抜けていくのがわかる。

そんな絶望的な場所を見たくない。その気持ちが手足を重くする。

でもトコのためにも俺は先に辿り着かなければいけなかった。あいつにこの答えを突きつけるようなことにならずに済ませたい。答えが俺の考えている通りだとしても、それをはっきりさせるのは明日以降でいい。

このまま日が完全に落ちて夜になってしまえばいいんだ。そうすればトコは知らないで済む。そんなことを俺は思って腕を、足を振る。

「くそっ」

美乃莉の家の前を過ぎる頃には、サイレンの音が響き始めていた。でも俺の方が先に現場に到着する。

そしてそこには否定したかった現実が確かにあった。

俺の家が燃えていた。なんだってこんな目に遭わなければいけないんだ。まずは不満が心を満たす。でもすぐにそれは去った。そんな恨み言を言ってる場合じゃない。

「……ちくしょうっ」

「母さん？」

俺は母さんを捜した。人が集まり始めていた。野次馬というやつがこんなにうっとうしいものだと俺は知らなかった。

俺の家が燃えているのがそんなに楽しいのか？　俺が母さんを心配するのがそんなにおかしいのか？　なんでお前たちは笑ってる？

「母さん！　母さん！」

俺はでも野次馬たちのことは忘れて、母さんのことを呼ぶ。家の中にいても聞こえるだろう大きな声で。

でも炎は空気の壁を作って、それを阻んでいるのかもしれなかった。家の中から母さんは出てこない。

「博史！」

その代わりに野次馬の隙間から母さんが顔を覗かせた。

「母さん……だよな？」

「ええ。私は美乃莉ちゃんのお母さんとお茶を飲んでたから」

だから平気だった。そういうことか。それで俺は一安心する。

「……そっか」

「トコは？」

そして母さんは俺の側に寄って質問をした。

「置いてきた。駅から歩いている最中に煙が見えたから、俺だけ走ってきた」

「そう。なら、大丈夫ね」

母さんはそれで力が抜けてしまったらしい。頼りなく俺に寄りかかってくる。

「……何が大丈夫なもんか」

そんな母さんを支えながら俺は呟く。

俺の後ろでは今も家が燃えている。消防車もまだ来ない。でももう家は半分以上、火に包まれているように見えた。

「家なんて建て直せばいいのよ。あなたたちが生きてるならそれでいいわ」

なのに母さんはもうことが終わったとでも言わんばかりだった。

「何がいいんだよっ。俺の家だぞ？　母さんの家だぞ？　トコの家だぞ？　悔しくないのかよ？　それをこんなにされて」

俺は悔しかった。俺だけがこんなに腹を立てていることそのものも含めて悔しかった。

「いくら大事でも物は物よ。命に替わるものじゃないわ」

でも母さんは俺と一緒に怒ってはくれなかった。俺の顔を見ただけで、トコが大丈夫と知っただけで心底安心したらしい。

でも俺の心は少しも落ち着いてなどくれなかった。母さんを抱えたまま、振り返ればそこではまだ家が燃えていた。黒い煙は白く変わり、そして炎の赤さが周りを染めていた。

「……母さん、トコの日記はどこだ？」

そして俺は揺らぐ炎の向こうにそれを見た気がした。

トコの日記。おまじないの日記。願いを書き続ければ、どんなことでも叶えてくれるというあの豪華な革張りの日記。それが俺の部屋の中にあるのを思い出した。

「博史の机の上でしょ」

母さんの言葉はそんな俺の記憶を補強してくれた。でも母さんはそんな自分の言葉に身を固くした。力が戻った母さんの体は一人で立ち、そして顔は俺の方を見る。

「ダメよ、そんなことは」

母さんは俺が行動を始める前に、それを止めようとする。

俺が何を考え、俺が何をしようとしたのかわかったのだろう。でも俺にはそんな言葉では不十分だった。

日記はおまじないがかかってるとしてもただの物だ。それだけかもしれない。でも母さんだってさっき言ったのだ。

命に替わる物じゃない、と。それは命は何事にも替えられない大切な物ということだ。

そしておまじないのことなんてわからない俺でも直感的に理解していた。あの日記がトコを生き返らせた力の源なのだということを。

だからあれがなくなってしまったら、トコはまたいなくなってしまうのだ、と。

「博史！」

だから俺は母さんの制止を無視して駆け出していた。もうおそらくはどうにもならない俺の家だったその場所に。

ものの数分で燃え尽きてしまうだろう家の中へ、俺は飛び込んでいた。

俺の部屋までの道は迷いなくイメージできた。でも目の前の光景はそれとは全然違っていた。熱気と煙が俺の視界をぐにゃぐにゃとさせる。

「くっ」

炎と煙を吸い込まないように息を止める。姿勢を低くする。でももう廊下は煙で一杯だった。俺はその中を記憶を頼りに走る。

遠かった。俺の部屋が遠かった。玄関から俺の部屋がこんなに距離があるなんて思ってもいなかった。でも走るしかなかった。

階段一つを踏むだけで激しく消耗した。そして煙の向こうは炎かもしれないと思っても飛び込むしかなかった。

「……くそっ」

俺は自分の部屋のドアを見つけるとそのまま力一杯つっこんだ。素直に開けてる余裕はなかった。ドアノブが焼けているかもしれないとも思った。

それで転がり込むように俺の部屋に入る。ドアは簡単に取れてしまった。そしてこんな状況なのに、そんなことをした自分を俺の心は叱る。

自分の部屋のドアを壊すとは何事か、と。

でもそんな声に耳を貸している暇はなかった。

——日記はどこだ？

心の中で大きくそれを響かせる。

——博史の机の上でしょ
そこに母さんの言葉が返ってきた。そうだ、俺の机の上だ。そこに置きっ放しだった。トコがいじってなければ、そこにある。そこにあるはずだ。

もうもうと立ちこめている煙の中に、俺は手を伸ばす。日記がそこにあるのはもう見えなかった。部屋の床とカーペットが燃え出していた。

でも見える必要なんてなかった。俺の部屋だ。俺がずっと暮らしていた部屋だ。机の位置も、日記の場所も思い出せた。そしてその記憶の中から、俺は日記を取りだした。

「よしっ！」

その感触に思わず声を出した。でも、それで吸い込んだ息が俺をむせさせる。

「げほっ、げほっ」

肺の空気が漏れた。体中から力が抜けた。足が揺れて、俺はがくっと膝を落とす。

——ちくしょう
ここまで来て、俺はやっと冷静になれたのかもしれない。そしてすぐに悟った。

自分はもう助からない、と。

ここから逃げ出すルートもなければ、そこを辿るために必要な力も、それを生み出すための酸素もない。

「馬鹿だな、俺は」

トコを守るために飛び出した。それはいい。それをせずにはいられなかった自分を悪くは思わない。でも、自分が死んでしまったら意味がないのだ。

「人が死んでしまうなんて、俺は本気で信じてなかったよな」

少なくともトコが死んでしまうまでは、それが自分の身近で起こることだなんて思ってもいなかった。父さんが離婚していなくなっても、別に死んだ訳じゃない。

俺にイメージできる別れの限界はそこまでだった。

でも知ったはずだ。人は本当に死んでしまうのだ、と。しかも大した理由もなく、なんの前触れもなく。

トコがそうだったじゃないか。

トコが何か悪いことをしたのか？　トコには死なないといけない理由があったのか？　あの日の朝、ご飯を食べてたトコが死ぬなんて俺は思ったか？　答えは全部ノーだ。

死は突然やってくる。何の前触れもなくだ。

「なのに、なんなんだ、この状況は……ははは……はは……」

俺は自分のことを思うと悲しくなるどころか笑ってしまった。そしてまたむせる。

自分だけは死なないなんて思っていたのだろう。自分は特別な人間で、だから死なない。そうとでも思ってなければ、こんなにもはっきりとした死の前兆に飛び込んだりなどしなかったはずだ。

母さんが教えてくれたのに。こんなことをしてはいけない、と。でも俺はそれを無視して、そして……死ぬ。

――いくら大事でも物は物よ。命に替わるものじゃないわ
母さんの言葉が心の中で繰り返される。

でも一つだけ言い訳させてくれるなら、俺が守りたかったのは日記という物なんかじゃない。俺はトコを守りたかったのだ。

もう一度、トコを失うなんて耐えられなかった。

でも俺はこのまま死んで……またトコを失うのだ。

それなら俺だけでも生きていた方が良かったのかもしれない。母さんにとってはその方が良かったのだろう。

でもトコを失うのが怖くて、俺はそれを無視したのだ。

この家がもうどうにもならないってことはわかっていたのに。日記を取りに行けばこうなることもきっとわかっていた。

でも俺はきっと逃げたのだ。自分の命惜しさにトコを見捨てるという選択をして生きていくことを選びたくなかったのだ。

「……やっぱりガキだよな、俺」

でももう俺はガキですらなくなる。母さんはガキでいいと言ってくれたのに、俺はそれすら続けてやれない。

「ごめん、母さん……」

だからせめて、トコは——そう俺は思う。体中に残ってる全ての力を日記に乗せて俺は窓の方に投げる。突き破って出てくれれば、日記は燃えずに済むかもしれない。そうすればトコは平気だろう。だから、せめてと思いを込めた。

でも、届かなかった。煙の向こうに吸い込まれた日記は軽く鈍い音を立てただけだった。窓ガラスは割れなかった。だから日記はこの部屋から出ることはなかった。

そして俺は知っていた。この部屋の床はもう燃えているのだ、と。

「はは……ははは……」

もう笑うしかできなかった。でも心はもう動かない。ただの肉体の反応なのかもしれない。煙を吸い込み過ぎたせいで、俺の体は壊れ始めているのだろう。

だからもう何も言えなかった。

さよなら、トコ——という短い言葉を言う力すら、もう俺の体には残っていなかった。

「お兄ちゃんっ!」

だからそれは幻聴なのかもしれなかった。トコの声に聞こえた。いや、トコの声しかあり得ない。俺のことをお兄ちゃんなんて言うのはトコしかいないのだから。

でも俺の体はそれにもう反応することはできなかった。全ての力はもう失われていた。それでも心臓くらいは動いているのだろうか。血は巡っているのだろうか。俺の意識だけはまだ続いているようにも思える。

「お兄ちゃんは死んじゃダメだよ」

耳はまだ聞こえているらしい。だからトコがどんなにそれを強く思っているのかわかる。

「お兄ちゃんはお母さんより先に死んじゃダメなんだから」

そういえば、そんなことを言われた。そして俺は大丈夫だなんて言った気がする。でもそれは何の根拠もないガキの戯言だったのだ。

「死ねばトコと一緒になれるのかな？」

でもその記憶が俺の体に少しは力を蘇らせてくれたようだった。言葉が口から出た。

「そんな理由で一緒になんかなりたくないっ。私は生きてるお兄ちゃんのお嫁さんになりたかったの。それをお母さんに喜んで欲しかったの」

でもそれはトコを悲しませるだけだったらしい。涙なんてこの熱の中で感じることは出来なかった。でもトコが泣いてるのはわかった。見えなくたってわかる。

「ごめん。変なこと言ったよな」

「いいよ。私のことはどんなに悲しませたっていい。私はお兄ちゃんの妹だからそれでいい。でも、もうお母さんを悲しませないで欲しいの」

「ああ、わかった」

返事だけは出来たが、でもそれは無理だろうとも思う。もう俺は死ぬ。トコの幻影と会話をしながら、死んでいくのだから。

「……もう私は助からないから。だからお願いだよ、お兄ちゃん」

　でもそれは幻聴なんかではないと俺は気づいた。でもそれを理解したのは、信じられない光景のせいだった。

　トコが輝いていた。いや、燃えていたのかもしれない。強い光がトコの方から発せられて、俺の体はそれで温められていた。それが俺の意識をまた引き戻したのだ。

「死んでも守るよ。お前との約束なら」

　だから俺はまた根拠のないことを言う。でもさっきまでとは違う。諦めではない心がそこにはこもっていた。

「うん。それでこそ、私のお兄ちゃんだよ」

　そして揺らぐ光となったトコに俺は持ち上げられたみたいだった。視界が動いて、トコの温もりをさっきよりずっと側に感じる。

「私、生きてる時はわからなかった」

「……なにが？」

「妹って死んでも、ずっと妹でいられるんだね。生きてた時は、そんな当たり前のことがわからなくて、私、ずっとすねてた。だから、こんなことになっちゃったんだよね」

　それがトコの出した結論だというのが俺にはわかった。

　──妹って死んでも、ずっと妹でいられるんだね
　そのことがそんなに当たり前のことなのか。俺にはわからない。でもトコはそれに気づかなかったから、こうなってしまったと言った。

「日記はね、お兄ちゃん。願い続ければどんな願いでも叶えてくれるの。でもなんでもかんでもは叶えてはくれない。たった一つ。何事にも替えられない願いだけを叶えてくれるの」

それは知識としては知っていた。日記にそう書いてあった。

だからトコは願ったのだ。俺のお嫁さんになりたいなんて、あり得ない願いを。

「だから私、死んじゃった時もね、生き返った時もね、そんなに驚かなかった。日記は私に命もいらないってことを試そうとしたんだって、そう思ったんだ」

だとしたら、トコは俺のお嫁さんになるために命も差し出したってことなのか？

「だからユキちゃんにも言わなかった。命よりも友達よりも大事な願いが私にはあったの」

トコの言葉に俺は何も言い返せなかった。心だけが悲鳴を上げる。何もわかっていなかった自分に気づいて、心は硬い部分も柔らかい部分も容赦なく締め上げられていた。

「でも、お兄ちゃんに優しくされたら、妹でいいやって――そう思っちゃった」

トコは小さく笑ったみたいだった。でもその顔にはきっと涙が伝っている。

「だからおまじないが解けちゃったんだよ。私が願い続けるのを止めたから。この火もね、お兄ちゃん？　きっと日記が起こしたものなの。日記は役目を終えたから、この世界から消えようってそう思ったんだよ」

トコはそう言うが、そんなはずはないと俺は思う。俺の家が燃えているのは、最近、この辺りを狙っている放火魔の仕業なのだ。

トコの願いとかおまじないとかそんな不思議な話じゃない。

「願いが消えたから、日記が消えて、私も消える。ただあるべきところに、ううん、本来ない物がその通りになるだけなの」

でもトコはもう不思議な世界に生きているらしい。俺の思いなんか届かない。

「だからお兄ちゃんが悲しむ理由なんてないの。悪いのは全部、私。自分の願いを貫けなかった私が悪いの。私はその罰を受けるだけなんだよ」

「……なんだよ、それ」

そんなのってないだろ？　俺はそう思わずにはいられない。

トコの願いはこんな目に遭わされるほど悪いことなのか？

「でも私が消えないようにってお兄ちゃんが頑張ってくれたのは、本当に嬉しかったよ。ほんのちょっとの時間でも、命より私のことが大切だって思ってくれて嬉しかったよ」

なのにトコは誰も恨まず、そんなことを言う。

「なんで、トコはそんな大人みたいなことを言うんだよ？」

トコが羨ましくて、そして自分が情けなかった。

俺は体だけでっかくて、ガキなのに。トコは家族で一番幼くて、生き返ってもっと幼くなってしまったのに、家族で一番の大人だ。

「じゃあ、一つだけわがままを言うね――」

無理してまた小さくなっても、トコは俺なんかよりずっと大人だ。

「お兄ちゃんは私の分も生きて」

俺はそんなこと聞きたくはなかった。お前が生きた方がいいって言いたかった。母さんだってその方が嬉しいに決まってる。そのことをトコに教えてやりたかった。

嫌だ――そう言いたかった。

でも無理だった。もう声は出なかったし、俺の体は宙を舞っていた。トコに投げ出されていた。遠ざかっていくトコ。俯いたその顔にはやはり涙が伝っていた。

――トコォっ！

手を伸ばそうとしても届かない。せめて声だけはと思ってもそれすら無理だった。

背中に何かがぶつかるのがわかった。激しい衝撃に脳が揺さぶられて、ジンと来た。それでも俺はトコから離れていく。

トコが笑って何か言ったのが見えた。でも聞き取れなかった。その時にはトコは消えかけて、そして俺の意識も限界だった。

「……っ！」

それでも気づいたことがいくつかあった。

その時、俺は空を飛んでいた。下に地面が見えた。野次馬が見えた。母さんがいた。美乃莉がいた。美乃莉が泣いていた。

「ヒロ君っ！」

そして美乃莉が俺を呼ぶ声が聞こえた。

でもそれに答えることは出来なかった。俺はそのまま落下した。自分の部屋の窓から飛び出して、そのまま地面へとたたきつけられた。

だから、きっと無事に済むはずはない。それが俺が最後に考えたことだった。

6 都《と》湖《こ》子《こ》：俺の妹

　目を覚ました時には、もう終業式は終わっていたらしい。

　おかげで俺は高校二年生が終わったという気持ちになる機会を逸してしまった。

　宙ぶらりんな気分だ。まあ、それも始業式までの辛抱だろう。それとも去年もこんなものだったかもしれない。俺は去年、これで高校一年生は終わりだなんて納得しただろうか？

「……大丈夫、ヒロ君？」

　そんなこんなで俺はぼーっとしていたらしい。美乃莉が心配そうに俺に話しかけているのに気づくのにけっこうかかってしまった。

「ああ、うん」

　そして俺はここが自分の家ではないことを改めて感じる。

　俺が今いるのは美乃莉の家のリビングだ。俺の家が燃えてしまったので、その間、ここに住ませてもらっているのだ。美乃莉の母さんは自分がお茶に誘ったせいでこんなことになってしまったと責任を感じているらしい。同じことでもその解釈は本当に色々とあって、そのどれが正解とも言い難いのだなと改めて思う。

　ちなみに母さんは豪勢なホテル暮らしを始めた。ちゃっかり父さんに高額の火災保険の掛け金を払わせてたらしい。おかげで家を元に戻してもおつりが来るほどのお金が入ることになったんだとか。

「お茶お代わりいる？」

美乃莉の母さんは、俺の母さんとは違って、わかりやすく優しい人だった。だからそう言って元気のない俺にお茶を勧めてくれる。それはありがたいのだが、やはり俺には母さんくらいの適当さが似合ってるんだなとも思ってしまう。

「いえ。ちょっと散歩に行こうかなって」

だからあまりお言葉に甘えてもいられない。

「あら、そう？　だったら美乃莉も一緒に行ってあげたら？」

なのに美乃莉の母さんは本当に優しい。そう言われた美乃莉だって断りづらいだろうに。

「……うん」

そして予想通り、美乃莉がついてくることになってしまった。まあ、別に嫌なわけじゃないけれど、なんだか気恥ずかしい。

「それにしても本当に大変だったわね」

それで安心したのだろう、美乃莉の母さんが俺に話しかけてくる。

「そうでもないですよ」

まあ、一週間の間に妹が交通事故に遭って、家が放火魔に燃やされたのだ。大変じゃないはずはない。

「そうなの？」

「なんかすっきりしちゃいました、逆に」

だから俺は鉄丸が言ってたことを思い出す。落ち込む時は最後までちゃんと落ち込んでしまった方がいい。あいつはそんなことを言っていた。

きっと今の俺は底を打って跳ね返ってる最中なのだろう。だから気分は上向きなのだ。

「男の子ってすごいのねえ」

でも美乃莉の母さんはそんな仕組みであることはわからないらしく、純粋に感心してる様子だった。

「俺は女の子の方がよほどすごいと思いますけど」

俺はだからそう返す。実際、俺は周りの女に勝てる気がしない。トコも母さんも、美乃莉の母さんも、美乃莉も。俺なんかよりずっと強いのだ。

「ごめんね、お母さんが変なこと言っちゃって」

そしてそんな母親を美乃莉はどうも快く思っていなかったらしい。玄関を出たところで、小さく頭を下げてきた。

「別に平気だって。実際、そんなに悲嘆にくれてるってわけじゃないんだぜ」

「だけどさ……あんまりにそのままっていうか……」

「だから、気にするなって」

美乃莉も悪気はないんだろうが、傷口に塩を塗り込みかねない謝罪というのはほどほどにしておいた方がいいんじゃないかと思う。美乃莉に謝られるともっと真剣に気にしなければいけないと思えてくるということを知ってもらった方がいいだろうか。

「でも気になるよぉ。ヒロ君のことだし、お母さんの言ったことだし」

「……じゃあ、何か埋め合わせをしてもらおうかな」

そんなわけで冗談でそう言っておく。

「え？　なに？　なにさせる気？」

でも美乃莉はこれ以上ないくらい本気にしたようだ。

「楽しみにしておけ」

でも何も考えてないので、俺はそういうことにしておく。

「うぅ、嫌だよ、変なことは……」

「お前が喜ぶことじゃ埋め合わせにならないだろ？」

「そ、それはそうだけど」

そんなことを話しながら歩いている間に、俺は自分の家があった場所に戻ってきていた。

でも、あるのは塀と立ち入り禁止の標識ぐらいのものだった。もう燃えた残骸はおろか、工事の基礎部分も掘り返されて取り除かれてしまっている。

「……プロってのはすごいもんだなあ」

ほんの数日で俺の家は本当に跡形もない状況にされてしまった。放火事件だったので、現場検証とやらがあって、しかもそれは休日はやらないとかで月曜日からだったという話だから、それが済んでから、ということは本当に二、三日のことだ。母さんの段取りの良さもあるのだろうが、プロの仕事の早さには感心する。

「あっという間だったね」

「本当、世界っていうのは容赦ないな」

俺はそう思わずにはいられない。俺の納得とか心の準備なんて待ってはくれない。時間は俺の意志なんかとは無縁に状況をどんどん変えていってしまうのだ。

「……なにそれ？」

でも美乃莉は俺の言葉には共感できなかったらしい。まあ言い方も変だったかもしれない。

「別れを惜しむ時間も与えてくれないんだなってこと。終業式もいつの間にか終わってるし、本当、俺の都合なんて聞く気が全然ないよなあってことかな」

「私はもう少し早く時間が経ってもいいかなあと思う時もあるけど」

なのに美乃莉は、けっこうのんびりした性格だと思うのだが、そんなことを言い始める。

「へえ。それはちょっと意外だな」

「どうして？」

「美乃莉は同じところにじっとしてるのが楽しいタイプかと思ってた」

「……動けなくてじっとしてることはあるけど、それが楽しいわけじゃないよ」

「そうか」

どうやら俺の見ていた美乃莉というのは、本人が考えているのとはかなり違うらしい。だから改めて美乃莉のことを観察するのだが……やっぱり美乃莉を見ると、眼鏡だよなあという感想になってしまう。

「なに？」

「俺って美乃莉のことあんまり見てなかったのかなって」

だからそんなことを言って美乃莉の顔を覗き込む。

「……全然見てなかったと思うよ」

美乃莉はそれが不満そうに呟くと、歩き始めた。俺はそれを追いかける。

「そういえばさ、ヒロ君。鉄丸君のことなんだけど」

「ああ……すっかり忘れてた」

一世一代の大ばくちを打とうとしていた友達のことを忘れているとは、俺もなかなかに友達甲斐のない奴だと思う。

「なんかね、付き合い始めたらしいよ」

「……そうなのか？」

そして俺の知らぬ間に鉄丸の告白は成功を収めていたらしい。だったら俺に報告して来いよと思ったりもする。

「というかね、あの二人、けっこう前から仲良かったんだって」

「……え？」

確か、鉄丸は全然、脈がないとか言ってた気がするんだが。

「クラスの娘が『ついに情報解禁かあ』とか言ってた」

「……それは前から付き合ってたってことじゃないのか？」

「あれ？　あ、そうか。そうだよね」

美乃莉は自分の理解の浅さに気づいて困ったなという顔をする。美乃莉はこの手の色恋沙汰には本当に疎い。まあ、俺もあんまり人のことは言えないのだが。

「そろそろ満開かな」

そしていつの間にか学校へと続く桜並木もすっかり様変わりしていた。

「この辺は今週末がピークじゃないかってテレビで言ってたよ」

「じゃあ、そうなんだろうな」

学校というのはどこでもこういう風に桜を植えているものなんだろうか？

俺の通っていた学校では例外なくそうだったが。

「お花見にでも行く？」

「俺は花より団子だな」

「……何かお料理作るよ」

「いいよ。お花見なんて騒がしいし、陣取るのも面倒だ」

「そうなの？　ヒロ君ってみんなではしゃぐのとか好きじゃないよね」

「美乃莉だってそうだろ？」

「……そんなことないよ。私は人がはしゃいでるの見るの好きだよ」

「自分が舞台に上がるのが嫌なだけってことか」

「うん。私、地味だし……私が盛り上がってるの見ても誰も嬉しくないでしょ」

美乃莉の言葉は、だから端っこで見ていたいということなのだろう。俺は美乃莉がそんなことを考えているなんて、今日まで知らなかった。本当に美乃莉の何を見てたんだろうと思う。

「……肯定でもいいから、何か反応して欲しいんだけどな」

何も言わないでいる俺に美乃莉がそんな不満を口にする。

「悪い、悪い」

「全くその通りだと思ったから、言いづらかった？」

「そうじゃなくて、美乃莉がそう思ってるなんて知らなかったのでショックを受けてた」

「……そうなの？」

美乃莉は俺の返事が意外だったらしく、不思議そうな顔をする。

「美乃莉さ、前に明日死ぬとしたらやりたいことあるって言ってたよな」

だから俺はそんな美乃莉を見ながら、ここ数日考えていたことを実行に移すことにする。

「……言ったけど。聞かれても言わないよ？」

「別に口を割らせようってわけじゃない」

「なら、いいけど」

「というか、俺も見つかったって話だ」

「そっか……良かったね」

美乃莉はそうは言いながらなんだか寂しそうな顔をした。

「もう少し喜んでくれてもいいんじゃないのか？　見つかったら嬉しいってあの時は言ってくれただろ？」

「……あの時はあの時だよ。というか嬉しいけど、先を越された気分っていうのかな」

「先を行ってたのはお前のはずだけどな」

「そ、それはそうだけど……でも……」

美乃莉は何かを言いかけて、しょんぼりと肩を落とす。よくよく見ると本当に忙しい奴だなと改めて思う。

「で、聞いてくれないのか？　俺のしたいことを」

「あんまり聞きたくないなあ。三日ぐらい凹むかも」

「そんなに嫌がることないだろ」

「だって、なんかヒロ君、やけに嬉しそうなんだもん」

美乃莉にそう言われて気づいた。俺はどうやら相当、にやにやしていたらしい。

「じゃあ、ヒントだけにしておくか」

「……いいよ」

美乃莉はでもあんまり聞きたくないという様子だった。でもきっと変わってくれる。俺はそう信じて、そのヒントを口にする。

「きっと、お前が言えなかったことだ」

その言葉は美乃莉の表情に劇的な変化を与えた。びっくりして目を見開いたかと思うと、跳ねるように首が回って俺の顔を凝視し始めた。

「そ、そそ、それって……」

そして凝視が終わると、今度は同じくらいの勢いで顔が戻ったかと思うと俯いてしまう。本当に忙しい奴だ。

「次のヒントいるか？」

だから俺はそんな美乃莉を観察しながら、そんな質問をする。今度は沸騰したらしく、顔を真っ赤にして湯気を上げ始めた。

「……いらない」

「じゃ伝わったってことでいいのか？」

「う、うん……っていうか、ずるいなあ。ヒロ君の方が容赦ないよぉ。勝手に自分ばっかり進んじゃうなんて」

でもそれを言ったら美乃莉だって俺の先をずっと歩いてたわけで、お互い様だろう。

「で、答えを聞いていいか？」

「聞かなくてもわかってるから言った癖にっ」

美乃莉はそう言ったかと思うと、俺のことを殴り始めた。まあ鞄で殴られるよりはずっと穏やかなもんだ。どうやら美乃莉は感情の行き場がなくなると暴力に訴えるらしい。

「……とりあえず、これで今日死んでも後悔せずに済みそうだな」

そんな拳の雨の中、俺はそう呟く。それで美乃莉は落ち着いたらしく雨はやんだ。

「私はヒロ君に死なれたら後悔すると思うけど」

「……そうか。そんなこと言われると、また別のことを思いつくぞ」

「え？　えぇ？　ちょっと、ちょっと待ってよぉ……」

そして俺は美乃莉の言葉を無視して美乃莉に近づく。

「美乃莉とキスしたいけど、いいか？」

そして耳元でささやく。

「……ダメだよぉ」

美乃莉の返事は予想の範囲だが、少し凹んだかもしれない。

「ダメなのか？」

「ダメじゃないけど、ダメだよぉ」

「どっちなんだ？」

「今はダメ……ってことじゃダメなの？」

「じゃあ俺が死ぬまでに決断してくれよ」

「うぅ。ヒロ君って意地悪だぁ」

そしてまた拳の雨が降り始めた。

でもまあ俺はそれを心地よく感じていた。大して痛くないってのもあるが、俺の言葉に必死に抵抗している美乃莉は素直に可愛いと思う。

だから、なんだろう。俺はその拳の雨の中、トコのことを思い出した。

美乃莉とこの先、どうなるかなんてわからない。俺は本当に明日死んでしまうのかもしれない。美乃莉ともそう遠くないうちに疎遠になってしまうのかもしれない。

逆に美乃莉と結婚なんてことになるのかもしれない。

でも、思うのだ。美乃莉はそれでも俺のお嫁さんくらいにしかなれない。

だからトコはもういいと思ってしまったんじゃないかと思う。お嫁さんなんてどこまで行っても他人でしかないって。

そう、結婚式で繰り返されるセリフだ。

死が二人を別《わか》つまで——それを神の前で愛する二人は誓い合う。でも、それだけのことだ。

美乃莉とはどこまでも他人で、死んでしまえば終わり。神様もそれ以上のことを要求したりはしない。

でも、トコとは違う。

もう死んでしまったけど、トコはいつまでも妹だ。

俺のお嫁さんになりたいと思って死んでしまったのに、妹のままだった。

でも、俺はそれでいいんじゃないかと思えるようになっていた。

だって、死が二人を別つとも、俺たちの関係は切れることなく続いているのだ。

だから、今はさよならしてもいいと思う。俺たちはそれくらいで切れるような絆じゃないのだ。トコが去ったのは俺なんかよりずっと先にそれに気づいたからだったのだ。

だから俺は心の中で別れの言葉を繰り返す。


さよなら、トコ。

いつまでも、いもうと。


さよなら、トコ。

でも、今日も明日も、いもうと。

あとがき

どうも、新井輝です。本作を手にとってくださった方、ありがとうございます。
初めてのファン文庫さんの本なので、初めての方も多いかと思います。そういう方には初めまして。普段はファン文庫を買ってないけど、新井の名前で買ってくれた方はいつもお世話になっております。

本作『君と過ごす最後の一週間』は書き下ろし作品ではありません。十年前に今は亡きレーベルで出していただいたものを手直ししたり、タイトルを変えたものです。けっこう長くなってきた作家生活でも「改めて出す」というのは初めての経験でした。それもこれも不思議な人の縁というヤツなのですが本当、どこでなにが繋がるかわからないので人付き合いは大事にしないとですね。

この本の元になった『さよなら、いもうと。』という作品は、新井が以前働いてた今は亡きゲーム会社で専属イラストレーターをされていたきゆづきさとこ先生と一緒に仕事をするために企画したモノでした。ゲーム会社勤務中は、会員向けの冊子の編集を担当しており、きゆづき先生にはお世話になっていた縁での依頼でした。

そういう人の繋がりによって世に出た本が、平成が終わったこのタイミングで別の人の繋がりで改めて世に出るというのはやはり人の縁という物を感じずにはいられません。

新井は正直言わなくても、あまり誰とでも仲良くなれるタイプではないので、仲良くできる人は大事にしたいなと改めて思います。


さて、今回もたくさんの人に助けられて出版へとこぎ着けました。ここでその一部になってしまいますが、感謝の言葉を贈らせていただきます。

まずは本作を担当していただいたYさん。危ういところのあるテーマの本作を無事に出版していただき、ありがとうございました。

狩りゲー仲間で本作とファン文庫さんを繋げていただいたIさん。秋のアップデート後もよろしくお願いします（仕事の話じゃ無い）。

表紙イラストを描いていただいたツグトク先生。過去に別の人が描いていたものを改めて描くのはプレッシャーもあったかと思いますが、素敵な表紙ありがとうございます。

そして何より本書を読んでくれた皆さん、冒頭でもお礼を言いましたが、ここでも改めてお礼を申し上げます。本当にありがとうございました。

皆さん、今後ともよろしくお願いします。

令和元年五月　新井輝

この物語はフィクションです。

実在の人物、団体等とは一切関係ありません。

刊行にあたり、富士見ミステリー文庫『さよなら、いもうと』を改題・加筆修正しました。

新井輝先生へのファンレターの宛先

〒101-0003　東京都千代田区一ツ橋2-6-3　一ツ橋ビル2F
マイナビ出版　ファン文庫編集部
「新井輝先生」係

Fan
ファン文庫

君と過ごす最後の一週間

2019年6月20日　初版第1刷発行

著　者　新井輝
発行者　滝口直樹
編　集　山田香織、岩井浩之（株式会社マイナビ出版）
発行所　株式会社マイナビ出版
〒101-0003　東京都千代田区一ツ橋2丁目6番3号　一ツ橋ビル2F
TEL　0480-38-6872（注文専用ダイヤル）
TEL　03-3556-2731（販売部）
TEL　03-3556-2735（編集部）
URL　http://book.mynavi.jp/

イラスト　ツグトク
装　幀　前田麻依＋ベイブリッジ・スタジオ
フォーマット　ベイブリッジ・スタジオ
ＤＴＰ　富宗治
校　正　株式会社鷗来堂
印刷・製本　図書印刷株式会社

ISBN978-4-8399-7035-2
Printed in Japan

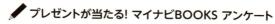

Fan
ファン文庫

万国菓子舗　お気に召すまま

幼き日の鯛焼きと神様のお菓子

著者／溝口智子
イラスト／げみ

当店では、思い出の味も再現します。
大人気の菓子店シリーズ第7弾！

ぶらりと立ち寄った蚤の市で高額な一丁焼きの鯛焼き器を手に入れた荘介。それを知った久美から「経費節減！」と叱られる。しかしその金型には、思い出がたくさん詰まっていた。